诗收获

2020年春之卷

李少君
雷平阳
主　编

长江出版传媒
长江文艺出版社

卷　首　语

霍乱时期的爱情的结局，因为要给书名中的“爱情”一个完美的出口，所以显得是有意地在主人公的头上凿了个天窗。妥协与无力，令这本书错过了我们想要的天梯。而且，马尔克斯费尽移山心力所塑造的爱情故事在整本书中没有经受真实发生的“霍乱”的严酷考验，“霍乱”更像是荒野上的舞台背后的一片乌云。这应该是马尔克斯的记者身份和新闻写作中以事件的爆炸性细节作为标题的方法所决定的，所以将霍乱时期的爱情当成新闻中的“深度报道”来读也未尝不可。书中的医生乌尔比诺养了只巧舌如簧的鹦鹉，“别人求它开口，它偏不说，而就在人们意想不到的时候，它却说个没完，而且表达得十分清楚明白，那种条理甚至在人类身上都难得一见。”在乌尔比诺医生的训练下，它学会了拉丁弥撒中的伴唱和玛窦福音中的几段经文，还会用女声和男声演唱一些古典作曲家的歌曲。反正只要它愿意，它简直就可以无所不能，呼救、喊口号、学法语和德语……可它身上那“掘墓人般的气质”最终还是让乌尔比诺医生摔死在了捕捉它时攀爬的芒果树下。将类似的情节平移到当下的疫乱现场，与之对称的人事应该是有的，所以我又觉得马尔克斯文学创作中的“新闻性”尽管令少数的阅读者感到得了芝麻丢了西瓜，但其批判性和“仁慈的高度”却因此得到了高分。从文学的角度去看，我是希望霍乱时期的爱情不是终结于现实中的内河船上，应该终结于银河之上的船帆，尽可能地弱化事件的象征性，但从一再重复的时代性的角度去考量，我又希望真实的霍乱与真实的爱情更具黏着感，使其悲剧演绎得更惨烈并因其惨烈而成为最后的悲剧，让批判性以一种理想的方式来收场，也就是不要让悲剧再在现实中重复发生——让爱情永远远离霍乱。如此两难选择，增加了我在隔离时期的生活难度——精神身高已经骤然下降，总觉得每一天都分裂成了事实上的光明与黑暗。

雷平阳

2020 年 2 月，昆明

诗收获

2020年春之卷

目录

季度诗人//

组章//

诗集诗选//

域外//

中国诗歌网作品精选//

评论//

季度观察//

《内·外—观》
苏晓旺
布面油画
160cm × 120cm
2014 年

季度诗人

陈律诗选

/ 陈律

陈律，1969 年生于杭州，一直生活在杭州。1989 年开始写诗，2005 年出版诗集《碎银》，诗集《还乡》即将出版。

看见

重要的，是认识它前，
必须看见它。
看见，是一种稀有能力，
是命运。
猛然间，你不再是瞎子。

我的诗人

水仙还没开就死了。
那似乎解决了的，并未解决。
如此，我的诗人，
品味恐惧无尽的甜意，
是否，你还能说：
“我仍在探索。”

感怀

春天，已然壮年的你，
意识到自己的生命并非一束白花，
意识到——“我不是静。”
“因为我的内心仍活着一个于连，
活着太阳般炙热的虚荣！”

想起曼德施塔姆

聆听夏夜暴雨黑暗、急剧的高音、低音——
愈旋愈紧的时间断裂、连续，
我想起曼德施塔姆。
想起诗是黑洞另一侧晶体，
亦是来到、回忆，为此绝望、感激。

愿它这次来到大地不再受难，
是喜悦、胜利的生命。

美学

野兽般活着，
直到下雨了。
直到如往常，
雨后夜空并未出现奇迹。
你接受了事实。
噢，野兽般活着，
你的美学！

重要的

重要的，是静下来，
持续，由静来到静。
重要的，是持续非我，
一一于群芳深处，
绽开消逝。
重要的，是不在任一时间——
某种不再是语言，
噢，纯粹的无名。

餐厅

喧闹餐厅里，你看见一张相片，
是一处流放地的暴风雪。
不由想起一位朋友，
想起他朴素、绝望的语言。
觉得美就是这么诞生的，
呼应着你急切的需要。

是对残存的你的审判和宽怀，
令你在这太晚来到的末日耿耿于怀。

还乡

走上一个通道，
不同的你，看沿途不同明灭，
在不同镜子前，看不同自己。
你知道，这是一条“你不再是你”的路，
这是你的死亡，但确实就是还乡。

僧侣

虽然我有很多欲望，
骨子里，我是僧侣。
当此日落，杭州金家渡路，
我追忆。
从哪里来，回哪里去。
我会回到那个光辉、寂寞的神殿，
赤条条来，赤条条去。

生命

应该，我已结束，
一首坏诗般结束。
五十岁了，
被大地折磨，
被我。

愚蠢

人最大的天赋是愚蠢。

必定愚蠢里有诗意，
否则不可能有诗人。

爱情现象学

当一个人是男人，也是女人，
不止于，既是男人又是女人，
这个人是真正的，本来意义上的人。
这个人是圆的。
这也是人对爱情迷恋、绝望的原因。
在爱情的某一瞬间，
人似乎成了那样的人，
感觉到了圆。
但那只是依稀一瞬间。
很快，他们就恢复本性，
回到彼此自噬的螺旋。

意象

一首诗有一个意象足够了
有时，需要两个、三个
可总体上，一首诗有一个意象足够了

有感

你在哪里？曾照耀我的，
干细胞般原始，永不裂解的星？
为何，我惩罚我成为右旋的螺旋？
你在哪里？

堕落史

睡了会，泡了茶，
读《水浒》。
觉得世道即便如此，
浪漫主义仍然可能，
虽然注定毁灭，
虽然早与你无关。
对于你，在即将来到的星空下，
只能接着写已写了一生的堕落史。

最高隐喻

如果异化的人仍属自然，
全然可被预见。
如果一切皆神学——
堕落、救赎之前发生过，
之后还会发生，
一切皆运动，运动的平衡，
存在着诸种运动、诸种平衡。
一切荒诞，又不荒诞，
悖论又不悖论。
如果人对起源的遗忘是必然，
一切皆金字塔之引力……
人应该不自恋地自觉回去……
认识自己。
像所有神话中那位英雄中的英雄，
实践所有神话蕴含的最高隐喻。

靠近

等待，不再等待，

在同一星空下。
死亡自有新世界的清新。
噢，花树般，
无须誓言。

红花

唯厌倦，最纯净？
我的兄弟——
一朵真正的红花并不了解自己。
星空照耀此旧世界之灵魂，
指出它是谁质朴记忆？
噢，一生最好作品，
沉闷夏夜黯淡的名誉。

夏夜明亮的星空

夏夜明亮的星空，我认识您。
年轻时，我是飞向您的天鹅，
如今，愿是在您怀中睡去的火山。

丹桂的末日

仅存，愈来愈少，
丹桂的末日，也是我的。
这柔和之死，
比你的终结真切的终结，
忧烦者惟寄望命运之外有命运。
噢，愿生命因败坏确已着地，
于此重新认识美和真。

光

我是病人，
认为所有诗都有谬误，
或者它们就是谬误，
其未来应该泯灭。
没有音乐，不存在存在——
没有此刻。
蓝即黑。
如此，不抱希望是诚实的，是光。

奥德修斯

无尽地生存。
生存是一本最伟大的书！
忘记——“我是诗人。”
生命中最重要的事恰恰可以忘记！
如此，更浑然，
成为沉默着横渡无常大海的奥德修斯。

宁静

寒夜绽放，似甜美葬礼。
自然死了，人活了下来，
新法则已诞生。
细雨中，无名的你不知与谁搏斗着，
感到这远不止是苦果，
却是你唯一能得的宁静。

偶感

我的日常生活和诗没什么关系——

全然非诗。
一直，我希望看到它的底部，
可时候似乎未到。
直到某个清晨，镜中出现一张魔鬼的脸，
他也不再年轻。
我们对视着，觉得对方都那么真实，
又都那么不真实，彼此因果很深。
彼此，弥漫着平静的失望。
因而一切都已确定。
重要的是彼此并不高级——
美学的反面！
但或许，非诗是诗的核心，
一切相悖。

新道路

新道路不再是时间。
那无人之人——
暴风雪夜，
视觉是飞船正离去。
形象不存在了！
音乐也是！
这才是抒情！
当暴风雪夜确是空白，又结束空白！
极其明晰。

情绪

昏睡中，看见一个黑色圆环左旋，
没有始终，内外不住转换。
二十五年后再次目睹“几何”，
令你觉得，相比年轻时的目睹，

这是一个不太好的“几何”——
“旧事物仍在延续，
因为旧事物仍在旧事物的时间模型。
一切仍是无望、原始的情绪。”

早春隐约的群星

长久凝视。相比纷纭，
寂静尤生起诸种不同。
早春隐约的群星，
这些（相对脆弱）的自在——
起始，如何就成为可能？
这些年轻的微笑，已堪称背景的表情，
意味着我的，还不是。
因为我还不懂死亡。
或许智慧作为意识自然的总结，
在于领悟了无思——
一切运动，甚至死亡、寂静运动的解构。

轮回

贪婪之人、狡诈之人……罪孽之人，
何以思考——
“无限是对一切形式的超越，
亦是对一切非形式的超越。”
应该，我没有此种天赋，
乃此种天赋开始前最凝聚的轮回。

再

那已磨灭，唯无名者目睹的美，

年轻时，自尊心极强者寻觅的星星之火，
不再是经验。
又是谁难以平静，变得更困难？
应该赞美这次结束后的再执着——
一错再错者冷漠之水晶。

你一直是你？

灰鹤之夜，几乎明亮。
并无本质的死者“想起”塔尖蓝色花朵，
觉得——“至多，这只是继续说服自己。”
噢，这非常沉重的代价，
如石灰墙上早被铲去的他的侧面像。
如此，未出生者的白衬衣呵，
谁在问，缥缈的你是否自由、真实？
你一直是你？

我们时代的自然之：伤感

发生了何事？在诸种平衡似乎无法穷尽的灵域，尤其不可能免费的魔兽世界，究竟何种水脉泉云深处的天仙配开始了比玉兰油还滋润的演绎？

当袅袅话音随贞静红鳞沉落水底，响遏在亘古就放弃版权的乐库，珠宝商的香肋（迟缓地，他在那儿享用了太多寂静的录音）也经西方无量净火对焦，被风月搀扶着，为一抹青色瘀痕写真——

专辑里，没有僭越，德性仍占据一线地位，并且，就在岸畔翠柳掩映下……

噢，回忆——即便在奇境，也存在似乎非奇境的命运。当花瓣羞愧地关闭，不再直面晨昏，步伐停了，莫非来自遗传和契约的勇气发生了偏移？

胖胖的他，因为拒绝卖出象征爱之命运的红宝石，被游戏中扮演系统崩溃的紫恐龙拖进空谷强暴。唯溪涧一径目睹屈辱的汗珠终于闪耀修辞的晚期风格。（即便如此，他仍慰藉同样受伤的春霜。）

是的，如圣人所言，地球上的一切都源自晚期，因为时光必于此际倒流，唯倒流才更真切……

终于，读完专辑的他，发觉封底一缕爱人的金睫毛。更光辉、明澈的上方，确浮游着一丝空蒙、逍遥，完全来自太空之外的光明。

如此艳阳下，爱人播报着其实更强力的他者的消息，而他作为春天，仍然有些憔悴地释放世间风物愈来愈强烈的噪音……

我们时代的自然之：穿越俨然母体的广告

“根本上，一只孟加拉虎猎捕羚羊的身形必曼妙过一件银色旗袍。即便皓皓无垠的歌声中，后者被芬芳口脂冷艳的朱唇在户外彩屏放射同心圆。”

仔细研究这段淘汲于旅游广告的诗，他觉得还需采样一些时代的经典音声，譬如清晨，杭州大厦数据中心嗡鸣的静寂……作为平衡，必须更达观地廓清其实永不裂解的古典天空——诗的另一段可以是一杆沉重的标枪穿过田径场上空，（越界地）隐没于远方青翠林泽。

多年来，总是回溯越来越衰竭的意义。毕竟，在天堂古老的不冻港，工匠们仍用原始的光而非代码造船。

劳动着的主人，自持于辉煌，自信临床上有比机器不朽的身体。偶尔，粉红炎症折磨他们英俊的脸，纯粹是因为悼念……

终于，再次全然提取赤子的仍然足以震撼世界的心，如孟加拉虎突然来到更适合美容——还原而非修饰的——海滨，赢得明月的跟帖，纯洁的细砂、礁石辉映他。

不可思议地，在精神全部的选项里（包括精神与物的契约），他给了虚无一个超越伦理的席位，在没有赞助的艰难自力下，穿越濒死，赠给自己一弯活化新天地。

“真的，我感到了自然的慈悲。”回顾中，他俨然名优代言超自然抗皱产品。女性般精致的手，从一匣青瓷，挑出一抹纯诗之上的胶汁……

我们时代的自然之：空山

潜鳞，今夜，你的紫微主星挣脱水草缠绊，闪耀在寂清道境。

如此，谁的耳机里，一滴冷银试图还原故乡给与你的色授魂与的词曲，觉得，不同于往昔仰慕的某种仰角拍摄的高山电影、纪念碑和体育场，留下的，唯有泪泉？

作为一台自然中最先进的终端，我测算自己的运势何时向你献花。为与你相仿，穿上翩翩宽衫，端正了梁冠，宛若一位东晋世族——最伟大的男色。

因为减肥，不再吃油脂过多的松子，任其沉落水底。每天清晨，池边轻诵《道德经》。

“当智慧不再在岁月与世态里及物，甚至不受词语牵绊纯然成为自己的隐私，戏剧的概念究竟还需谁的玄思？”身躯更轻灵的你，亲切引导。

所以，每天升起清气与我对话，认为“由于生命的软弱或依赖性，普遍的幸福是不可能的，古人不曾梦想历史如此完成”。[1]

直到……某天，你厌倦了智慧，厌倦了“时间未到”的我，水墨般的干细胞化为一条有点女孩子气的青龙，或一首完全滤去了生命却奇异的更有生命的诗……

瞧，你接下来的演出在自己最爱的清秋点起湿润的灯——一盏因湿润而明亮的灯。因为此时，光明来自你的尚存一丝惘然的清新。尤其当新雨认定你就是资本形成前关闭教室并弃绝了政治的空山。

[1] “由于生命的软弱或依赖性，普遍的幸福是不可能的，古人不曾梦想历史如此完成。”一句引自列奥·施特劳斯的论僭政。只是句首略微改动了一下，现在句首的“由于生命……”，原句为“古代经典认为，由于人性……”

陈律的短诗：

写给前世的偈句手札，或来自前世的喃喃低语

/ 夏可君

诗歌从来都是痴迷幻念的游戏，中国古典诗人尤为如此，他们只在汉字的绝对痴迷中呼吸，不是“情”，也非“爱”，而是“痴”——才是汉语诗人的至深情致，只有痴爱与痴迷，才可能进入即刻幻化之中，形成个体的节日，恍若前世。只有前世返回，汉语诗歌才有它存在的绝对价值，“前世诗”——是汉语至高且唯一的神秘。

精通前世的修辞术，修炼前世的驻颜术，这样的诗性技艺已经失传好久，但所幸在杭州诗人陈律这里，它再次优雅天真地回转，回望前世，需要修炼致命的专注与提炼阴盛的骨髓。

汉语诗歌的写作从来都关涉到汉字的面相学，一旦你体验汉字呼吸里的停顿，咀嚼语言的茎与根，在发苦的甜涩中，在蝴蝶涌出的时刻，一次心灵的地震就会发生。

这是汉语诗歌的痴狂，进入前世的幻象时刻，彻底顺服时间。进入祖先寂静的深处，在寂静中让语言显现。唤醒平静，也总是先前的平静，再次回响在当下语词的核心，构成其胚芽。

诗人如何修炼出一幅前世的目光来看待当下的世界？新的诗意只能在前世安然的目光下，陡峭又简约地发生，你才可能一字一字地倾听汉语的开花，一朵，朵朵，朵朵朵，这“三世”开放的浩瀚：

那些——腺、芽，
凸胀、繁裂，
泌吐，卷曲的维，
朵、朵朵、朵朵朵……
细微，着，浩瀚。

——前世，在胚芽处就已经卷曲，在隐秘的维度上繁裂，“任裸一体都可由此走向一颗苍白的星。”全部的缘起已经在前世芬芳无比：“花香和纯真得近乎无辜的笑容，让我差点想起全部缘起。”

在此前世的幻象中，无论是玫瑰还是月季，都会被一只僵冷的白蝶唤醒，凝视乃是在花朵的圆形中获救，只有微苦是真实的，等待缓缓前来的灵魂，等待后世的阅读，汉语诗歌的尺度，来自前世幻象被后世阅读者迷离目光捕获的度数。

前世诗，都是提前写就的墓志铭，乃是哀悼的不朽性与痴狂的虚妄性之艰难地结合。阅读陈律的这些短诗，宛若阅读遥远星空早就写就而从未收到的一札书信，那具有甲骨文魔力的文字，宛若前世为你绘就的天真面相。

兔望明月成胎，蚌含明月成珠，前世由此成形，一个文明也在造型上早就塑造了它独有的回眸目光，这是“以心传心”的绝对技艺。

“洞庭波冷晓侵云，日日征帆送远人。几度木兰舟上望，不知元是此花身。”——李义山的玉骨之烟与花木之望，都是前世的今生回望，写诗：不过是一次次无可挽回的挽回祭，一次次早已惘然的补赎，一次次永远迟到的补偿！

修辞术成为驻颜术，驻颜术成为还魂术，这是语词与空白的还魂。

如果空白不返回，语词就僵硬，空白要在空白中呼吸：只有在空白中忘记白花，在白花中忘记空无，在空无中忘记空无，直到忘记美。遗忘才是美还魂的条件，是痴迷之母，诗歌写作不过是专注于前世一段无法修补的错过，并且在今生今世的歌咏中遗忘它们。

陈律在前世中于是说：

“你的前世是一个书生。”
昨天，想起朋友说的，他陷入沉思……
不由想起吸血鬼——这首花了一年多写的诗。
写一个书生死后成了吸血鬼，
因为吸了心爱女人的血，堕入地狱。
因为灵魂和灵魂中的汉语，第一次艰难抵达古代，
他觉得这首诗很美，从心底里爱它，
让他想起去年写它的日子。
那些日子，他没工作，可以花一两天写一个句子。

“但，这只是去年，不是我的前世，
只有罗汉才知道自己前世。
我，没有天眼，没有禅定，
观音的柳枝也很久没滴下甘露，清凉我昏沉的头，
意志薄弱者只能看见一缕薄雾……”

“我的前世，可能是一个书生，
西湖一枝残败的荷花，一条白蛇，
可能是一个妓女，一个被斩首的逃兵，
也可能，是一只秦观为它写词的暮色中的杜鹃，
一个西湖岸柳下看雨的僧人，
一位天神的新娘，
也有可能，是吸血鬼……”

他想了很久，如此专注，
像荒野蟾蜍凝看苔藓上朝露，
深海，一条忧伤地游向落日的鲸……

前世书，来自对一个个汉字细细地体会与咀嚼，在日常时光中，接受前世的

幻象，但又必须摆脱此幻象，这必须把活着本身变作诗。在艰难地抵达古代中，倾听花朵由寂静养育的颤动，直到古典伟大的绝句再次回响，如波荡之上的琴谱，似鬼魂来生经络。

这要感谢西湖，杭州的西湖就是前世的记忆库，那也是张岱的前尘梦影录，转身之际，一束细花，一道堤岸，一弯冷月，一瓢蝴蝶，瞬间就跃向事物的轮廓，那羞怯的轮廓，如同北宋花笺上的底色花纹，文字依然，花笺褪色，却更为古雅，时间的底色上还余留着永远无法抹去的残梦。

这就有了恍惚中柳浪闻莺的幻觉：

出了清波门，我快来到南山路，
来到三岔口晦暝的底部，
我愚钝的生命无数回经过的柳浪闻莺。

或者这也是一无所想中，进入虚景的无瑕节庆：

哦，物，秀着自己，每一个都与真似乎无异，
仿佛，无须从仙界舶来青色、无瑕的节庆。
追问中，如若它们真欲改变自己，
尤其当蜻蜓学会在飞行中一无所想。

汉字，汉字的白色，来自前世的雪，前世的雪一直在下，只是落在陈律的诗中，落在夜莺的沉默中，才变得更白，更纯洁。

甚至，一首诗的成熟，也需要前世的优雅。只有经过前世忧愁洗礼的诗，经受毁灭之后，才获得岁月的馈赠："有时诗就是往昔、未来绝望又欢乐的汗水。"

就是所爱的人，也不可能在当下直接接近，只有从前世之门折返，越是爱一个人就越是远离所有人，只有在某个金色的午后，爱者直接走进我的心，秉此炼丹之心，才可走进前世之门的玄关。

当然，此前世，不一定是中国的古典时代，或许可能是尼采式的永恒轮回，

一旦热爱希腊的尼采也明白“事实求是”，从错觉与幻觉的交错中，从诗意的迷恋中，蓦然回首，也会回到先秦，或者是当代中国，成为某一个“你”。这是诗歌的修补术与雄辩术：“似轮回不甘于轮回。”

当下之人如何借助于诗歌的幻术，一下子回到前世？这是诗歌的神学写作，这是汉语诗歌隐秘的神学维度，当下又有几人闯入此维度，误入者，更是少之又少。还魂者并不害怕幻象的灵魂，只是痴迷于纯粹花朵圆形的繁殖，柔软而芬芳的膨胀中，“缓缓前来的灵魂，不会成为花下水渍”。

轮回中，你或许才可能辨认出自己的前世，一个卓越的诗人如何辨认自己的转世史？这是汉语诗歌唯一的神学启示。你到底是杜甫还是李商隐呢？这转世的标记，这轮回的拣选，对于陈律，只是在于：你得写出永远年轻而肉感的诗，以及，一次优雅的厌倦。无法学习的浪漫，只在微凉的绝句里才如此唯美，只能接受玫瑰一次致命的拜访，或者接受一次次性感孤寂的乳晕之劫。

终于，前世之诗加速了年岁的褶皱，诗人接受了永无宁日的生活。“也许，永无宁日的生活是一束花，而我可以是一滴露珠，以圆的晶莹留在那里。”在纤细的花束中收拢光线，在收拢的黑暗中共度微温的日子。这要把简淡的句子变得像金属，仿佛南宋时的砚台。

这些诗句，如同偈句，或截句，苦苦的低吟中，获得永无宁日生活的一次馈赠。从而可以把生活变作花，把花转变为一滴露珠，但最终留下的只有“圆”，以及圆的“晶莹”，使之温情而羞怯。陈律的诗意语言无疑是异常抽象形式化的，这经过当代艺术抽象化的变形，由此塑造出回到前世的卓然目光，可以捕获前世消逝前最后的轮廓，古今的通灵术相通之处，只在原初造型上的节律，一如陈律其名。

无疑，前世最为钟爱之物乃是花朵，一朵现世的花如何触及她自身的前世？这需要花朵在迷梦中，进入纯粹的无名，丧失命运，努力抹去自己，只有想起和天空的友谊，才可能有着回转的时刻，专注是困难的，这是前世积蓄的祈祷，注意力其实来自灵魂向着前世的喃喃祈祷，乃由前世修得，花朵因为过多聚集了祈祷之语与凝视之爱，才如此恍若前世。

分享前世，乃是凝视朝着你开放而永不寂灭的玫瑰：

玫瑰，何种玫瑰？
那累世经劫，无人知晓，
于殿中凝视你的玫瑰。
生命树尽头，从不旋转，
永不寂灭的玫瑰。
必于你的末日，
慰藉你的玫瑰。
那钟——蓝色深处，
金字塔闪耀的美。

“诗是与现代人掌握的知识相悖的知识。我们遗忘的知识肯定比我们记得的多。惟明白这点，我们才可能转身。”

或者，“此种写诗的古典经济学原则来自这样一种认知——我们的生活在开始前其实就已经结束了”。

诗的写作开始于前世，一直有着怀疑的疑惑，不可消除，这是虚无的根源，回到前世，并不需要知识，只需要转身，时间突然加快了，放弃幻象中，却在粉蝶的柔软中，在孤独里迷失，这才是诗性天赋的标志。

前世要停留在何处？后世之人凭借什么可窥其片爪？那是此生即刻幻化的时刻，菩萨的微笑可能来自一朵花，“虚无的身体幸福地变形”，且如此靠近死亡边缘，那个灵薄狱是“我忧郁记忆中的奇迹”，这需要我们有足够的力量安静下来，被安静所供养的目光，才可能洞观前世。

只有反复经验到无常的人，才可能痴迷于前世的一次邂逅，因为无常，生命因而涣散，因为极力想念而更加涣散——而这来自遥远星星的关注，前世诗总是在凝视星星中获得永生的坚定。

关注前世总是困难的，诗人会谦虚地说自己具备了献身伟大诗歌需要的孤独，却还不够笨拙，“如同十九世纪的火车头，沉缓地驶向群山的专注”。当代的短诗或者短札，前世书更为消耗诗人的心力：注意力的瞬间投注，意象的程序化，前世的恍惚，欲念的颤动，异国的原型，等等，还必须简淡地综合，依靠忧郁记忆的书写版，宛若宋代册页间泛黄的题诗。

而镜子，总是前世偏爱的道具，因此，当一具年轻的骷髅在写诗时，因为出于爱的幻想，被现实压低了的头，没有看见镜子深处的诱惑与魔力，在平静中，明天会激发更为愤怒的海洋。因此，你得在阅读了陈律写给那些宋代伟大山水画的长诗后，前世与望远——乃是汉语诗歌的过去与未来的双翼，再来阅读这些短札，你才会发现前世诗的奥义：浩瀚藏于轻颤，摇曳源于遗忘，色情生于寒意……

有此前世的目光，诗人可以在广告中看到地狱。“人类的命运永远只是少数几个人的命运。”来自前世的追问，才可能让我们明白当下的处境：死，在死之前已经发生，谁在前世挽留了谁？这是谁指向谁的手指？这是哪一双阅读的目光，才可能与前世的目光对视？

前世书，在异质的语言中也有回响。

“一种真正的前世的证明是：我以前曾经见过你，这是史前的和生命终结时的奇迹。”——卡夫卡如是说。

“噢，你就是我前生前世的姐妹和妻子。”——波德莱尔如此的表白就是美所祈求的至高赞词。

如同本雅明所引用过的，而“引用”就是前世书的信使。在前世对来世的梦想中，我们才成为同时代人，共有一个梦想的节庆！

那赴前世之约者，有着怎样的决心与决绝？木石前缘中，无用之石与绛珠之泪，是弥补时间参差的技艺：此生的无用，只有泪水可以浇灌，前世的深处才会出现梦中之人。

那是苦味的“无意记忆”，只有中国文化有此苦味，如同胡兰成在今生今世中所保留的文化秘籍，也许张爱玲对他的着迷痴爱，就是因为胡兰成几乎是那个世代唯一还精通“前世术”的文人？好一对妖孽的姻缘，幸好被朱天文的花忆前身所礼赞。只有苦味的清正，这西方所没有的生命感知，让错过者可以践履前世之约，那记忆的恩泽，是苦味中等待着的最后之甜。

如同陈律写道的这首城市临终的乐曲：

雨中黄昏。
茂盛街边梧桐如盛大乐团，演奏绿色——
自然永恒蕴含。
古老英雄主义复活在街道、街道上空，
依稀想起前世欢乐。

决定性时刻。
当月亮——巨大升起，
一个红衣女人搀扶这座城市走上绞刑台。
噢，终点！终点的清新！
更盛大乐曲！

我这里如此这般地阅读，只是倾听前世的遥远之回声，我并不知晓这是来自谁的前世，我听得断断续续，请前世诗人们原谅我笨拙的批注，如此羞怯的眉批，也是前世的暗记，只供后世有心者解颐。

我只是希望诗人陈律读到这些句子，这些似曾相识的句子时，也有恍若隔世之感，因为这些句子并非我所写，它们其实只是陈律精心打造的前世之镜的微弱反光，但也许这些句子也非陈律所写，而是前世伟大诗人们惆怅目光的寻觅，所幸，他们看到了行走在西湖边上的陈律，前世书，只是一次邂逅与错过之间的踌躇手札，只是哀悼的不朽性和痴狂的虚妄性之隽永的结合。

树才诗选

/ 树才

树才，原名陈树才。诗人、翻译家。1965 年生于浙江奉化。1987 年毕业于北京外国语大学法语系。1990 至 1994 年在中国驻塞内加尔大使馆任外交官。现就职于中国社会科学院外国文学研究所。迄今已出版《单独者》《树才诗选》《节奏练习》《灵魂的两面》《心动》《给孩子的 12 堂诗歌课》《春天没有方向》《去来》等诗集；译著有《勒韦尔迪诗选》《夏尔诗选》《博纳富瓦诗选》《法国九人诗选》《小王子》《杜弗的动与静》等。2006 获首届“徐志摩诗歌奖”。2008 年获法国政府“教育骑士”勋章。2017 年获“中国独立诗歌奖”和“金向日葵奖”。

虚脱

死亡笼罩了我一下子
阴影还没有消退
第二天，我穿过了一座公园
还没有穿过宽大的恐惧

死亡。我平静地念出这个词
瞧我的心还在孩子间增长
瞧大楼还从土里长出骨肉
死亡，你留下的空洞将被充实

坚硬的石头理解我此刻的冷漠
公园里，散落着老人和恋爱
这里的青春凶猛而温柔
我的目光像暮色掠过树梢

死亡，还会有人坐在这里
写作，表达对你的渴望
目的地已近在眼前
这张椅子却把我挽留

灵魂的穿越，放弃
已近在眼前
死亡却把我挽留

母亲

今晚，一双眼睛在天上，
善良，质朴，噙满忧伤！
今晚，这双眼睛对我说：“孩子，
哭泣吧，要为哭泣而坚强！”

我久久地凝望这双眼睛，
它们像天空一样。
它们不像露水，或者葡萄，
不，它们像天空一样。

止不住的泪水使我闪闪发光。
这五月的夜晚使我闪闪发光。
一切都那么遥远，
但遥远的，让我终生难忘。

这双眼睛无论在哪里，
无论在哪里，都像天空一样。
因为每一天，只要我站在天空下，
我就能感到来自母亲的光芒。

童年

太阳，我跟着你
到处疯走。
我们都是儿童，
看到什么，就照亮什么。

太阳，我们行的路
在身后发光。

大自然

扁豆熟了，
没有人摘。
和风醉了，

无人去扶。
大自然的一切
来去自如。

一朵玫瑰，
不用感谢
阳光或雨。

单独者

这是正午！心灵确认了。
太阳直射进我的心灵。
没有一棵树投下阴影。

我的体内，冥想的烟散尽，
只剩下蓝，佛教的蓝，统一……
把尘世当作天庭照耀。

我在大地的一隅走着，
但比太阳走得要慢，
我总是遇到风……

我走着，我的心灵就产生风，
我的衣襟就产生飘动。
鸟落进树丛。石头不再拒绝。

因为什么，我成了单独者？

在阳光的温暖中，太阳敞亮着，
像暮年的老人在无言中叙说……
倾听者少。听到者更少。

石头毕竟不是鸟。
谁能真正生活得快乐而简单？
不是地上的石头，不是天上的太阳……

莲花

我盘腿打坐度过了
许多宁静无望的暗夜。
我呼吸着人的一吐一纳——
哦世界？它几乎不存在。

另一个世界存在……
另一些风，另一些牺牲的羔羊，
另一些面孔，但也未必活生生……
总之，它们属于另一个空间。

打开的双掌，
是我仅有的两朵莲花。
你说它们生长，但朝哪个方向？
你说它们赶路，但想抵达哪里

我只是在学习遗忘——
好让偌大的宇宙不被肉眼瞥见。

冷，但是很干净

下雪天走路
冷，但是很干净

雪片沾白了睫毛
陌生人打起了招呼

路边的人们还站着等什么
他们的双脚来回倒腾

下雪天逛小树林
冷，但是很干净

屋顶们挺开心
穿上了新衣裳

烟囱大口大口地喘气
模仿蹬三轮车的菜贩子

下雪天迎来新的一年
冷，但是很干净

好像另一个世界诞生
冷，但是很干净

某个人

某个人？可以是你，是我，是他。
某个人躲在某个名字下。
某个人喃喃低语，对风说话。
第一个某个人不知道自己叫什么。

某个人死了！脸过渡为面具。
有几种面具不能让妇女看见。
但在人类的厨房里，时间的
菜刀，需要死亡这块磨刀石。

某个人，见过面的，说过话的，
死了的，还未出生的……

某个人正迎面走来，
某个人已擦肩而过。

据说某个人生来清白，
据说柏拉图经历了苏格拉底之死，
通过他的嘴，死亡唾沫四溅，
通过他的笔，死者重返街道。

某个人，生于 ×××，
死于 ×××。
生死之间，夹着一小段生活。
而生活，是负债的过程。

死亡是中断。某个人继续……

疾病

四月。我每天若有所思。

墙上挂着爱情，体内生长着病。
句子跟着我，到处找药。

脸，屡次被词语划破！
进城，出城，躲躲闪闪。
但还是被记忆——这个贼，
翻了出来。

一天像一把锁。
锁里活着真实。

忘光了，但又谈论。
糊涂着，因为还爱。

我总是那么含蓄，那么痛心！
唉，再说吧。

其实我再也不会去说它。
一条命从天平上折断了，
因为另一头太沉。

事情发生了！
我只好：习静。

四月，我每天真有所失。

安宁

我想写出此刻的安宁
我心中枯草一样驯服的安宁
被风吹送着一直升向天庭的安宁
我想写出这住宅小区的安宁
汽车开走了停车场空荡荡的安宁
儿童们奔跑奶奶们闲聊的安宁
我想写出这风中的清亮的安宁
草茎颤动着咝咝响的安宁
老人裤管里瘦骨的安宁
我想写出这泥地上湿乎乎的安宁
阳光铺出的淡黄色的安宁
断枝裂隙间干巴巴的安宁
我想写出这树影笼罩着的安宁
以及树影之外的安宁
以及天地间青蓝色的安宁
我这么想着没工夫再想别的
我这么想着一路都这么想着

占据我全身心的，就是这
——安宁

兰波墓前

1

墓地散发出墓地的味道
九点钟的风，树叶不安地翻动
麻雀叽叽喳喳，在沙地上觅食
墓地的大树上又飘下来一片叶子

走了这么长的路，终于来到
你的墓前。你和你妹妹葬在
同一个墓穴里。同母亲面对面
她生你，好让你满世界奔波

天空蓝得像大海悬挂在头顶
小城在扩大，生活变了样
这么宽阔的大街被星期天搬空
市中心的方形广场支满了帐篷

偶尔有鸟鸣在墓冢间一闪一闪
教堂的钟声因天空的空而温柔
一只甲壳虫，从我的脚边爬过
像我一样盲目，探索此生的生活

2

为何有这么多人集中在一起——
安息？为何独独给他献上一朵
小喇叭花？为何大铁门只敞开半扇？

为何狗屎和鲜花同时杂陈在墓碑前?

我早早起床，一路步行到这里
为了找你，我把脚步放得很轻
我把心跳尽可能压抑到平静
我走累了的脚得在你那里歇一歇

墓碑高高低低，小径曲折多变
让我想起沿途遭逢的人间生活
墓室有的塌陷，有的还在骄傲
好在墓前的十字架一律指向空无

还是活着的人可珍贵呵！还是
蚂蚁们爬得耐心！我同时观看
好几只蚂蚁在巴掌大的沙地上乱爬
怎么看都觉着它们爬不出墓地的围墙

3

在空空的墓前，我静心，坐着
我就坐在你身边那棵大树的树根上
我不明白钟声为什么敲了又敲
好像有人诞生，又像有人刚刚咽气

星期天，心和麻雀都不休息
休息属于告别了血肉的枯骨
但心和麻雀不歌唱，也不喊叫
甲壳虫多得染红了眼前的青草丛

老树根硌得我屁股疼，它恰恰
同庇荫你全家的树冠连成一体
一条大街把源头直推到这座公墓

大街两旁，出入和繁衍着男女

狗吠并不是城里出了什么大事
这从无到有的小城可以叫查理
兰波降生于此，一生都在逃避
岂料死后归来，故乡更加出名

4

一个小时过去了。我只看见
一位妇女开着车从门口经过
还有一辆小轿车，在大门前
停了一下，又掉转头，跑了

在这一小时里，我孤零零地
守着这偌大的静悄悄的公墓
我乐得沐浴阳光，倾听沙砾——
在麻雀的细爪下它们也会翻身

风啊你把太多的生活气息
吹刮到我的鼻孔里。公墓里
葬着兰波和他的家人，更多的
还是十六世纪以来的平凡居民

柏树象征什么？柏树只是柏树
椅子却结结实实地空着些什么
太阳晒得我渐渐有点发热
我想我得起身，走向人群

5

让我把这个句子写完！我将

回去，先回巴黎，再回北京
有一天还将回到我的下陈村
回到山和水、田埂和田埂之间

这已不是以诗人为骄傲的时代
钟声提示我：生活不在此地
墓地外的街道才流淌着生活
吵闹，商业，恋爱，妄想……

趁太阳未落，我用手抚摸
这洁白得有点苍白的墓碑
我再掐一朵别人栽种的
小红花，放到兰波的家门前

这柔黄的慰藉人心的天色
这些给生者以力量的先死者
安静的墓地一整天都这么安静
连我的到来我都觉得多余

恨

像一枚铁钉
它咬住木板

你敲吧！你用
小榔头，使劲敲

你不敲，它
也要钻进去

破皮，入肉
瞅准了骨头缝

你只管敲
狠狠地，敲

就这样，你被
恨的激情卷走

就这样，铁钉子
整个儿被肉淹没

你想拔，已经来不及
你再敲，已经没力气

恨也恨累了
铁钉子就这样丧了命

它找不到自己了
一切都不再重要

随着骨头的缺钙
只是，阴雨天会疼

酒杯空空如也

酒啊酒在哪里拿酒来
杯中酒干了我们就各自回家
空空的大街会送你的
空空的天上你说除了星星还有什么
什么你说天上还有几位神仙
那准是一群摇摇晃晃的酒鬼
他们会醉倒在回家的路上
以为空空的大街就是家

去来

去哪里过夜?
去大觉寺

来这里干吗?
来大觉寺

大觉寺无门
自然也无进出

大觉寺有门
自然也有石榴

还没有来
怎么就去了?

还没有说
怎么就懂了?

说话说到深处
夜渐渐就去了

问题问个究竟
答案真的来了

去哪里去?
来何处来?

争什么争?
论如何论?

绕舍利塔三匝
去来去来去来

左脚比如去
右脚比如来

任你去又来
大觉寺不觉

竹晶之疼

疼过之后，那摊血就空了。
水泥地，冷冰冰地吸纳了它。

如今，只剩下那疼过的疼，
还在那空里，延伸着它的空。

无数双脚在街上走动，
手里拎着蔬菜，或排骨。

那肉身真的升向天庭了吗？
我不信。但竹晶，她信！

那灵魂真的跳出躯壳了吗？
竹晶信。但我，不信！

竹晶是飞走的！但只
飞了一小会儿就触地了。

太疼！躺在地上动不了！
除了死神，谁也动不了她。

轻轻一动，就会要她的命。
急救车来了：竹晶走了。

她在用最后的呼吸，说
疼疼疼疼疼疼疼疼疼……

非人的疼！要命的疼！
活着的人无从想象的疼！

血肉疼糊涂了，骨头疼
麻痹了，嘴还在试着说出

疼：竹晶把疼留了下来。
这是她事先没料到的。

不！她事先什么都想过了。
她甚至也把死留了下来。

她知道有人会谈起她，
她用死同我们活在一起。

她是圆的，她是空的。
圆摔碎了，空又满了。

谁，含着泪，通过竹晶，
又一次讲述了生死无常？

有几双耳朵听见？生命中
真正的疼，只有一次。

那疼，如今藏在水泥地下，

那死，如今存在骨灰盒里。

这枯瘦肉身

我该拿这枯瘦肉身
怎么办呢？

答案或决定权
似乎都不在我手中。

手心空寂，如这秋风
一吹，掌纹能不颤动？

太阳出来一晒，
落叶们都服服帖帖。

牵挂这尘世，只欠
一位母亲的温暖——

比火焰低调，比爱绵长，
挽留着这枯瘦肉身。

任你逃到哪里，房屋
仍把你囚于四墙。

只好看天，漫不经心，
天色可由不得你。

走着出家的路，
走着回家的路……

我该拿什么来比喻

我与这枯瘦肉身的关系呢？

一滴水？不。一片叶？
不。一朵云？也不！

也许只是一堆干柴，
落日未必能点燃它，

但一个温暖的眼神，
没准就能让它烧起来，

烧成灰，烧成尘，
沿着树梢，飞天上去……

妈妈

听见有人喊妈妈
我总会在心里跟一声——
“妈妈”，但声音
很胆怯，很小——
小到只有我自己
才能听见

我四虚岁就没有妈妈了
但我一直跟着别人喊
为了让自己听见
我天真地想
只要我听见
妈妈也就听见了

在阿尔

钟声，不知怎么就传进我
耳穴，把我早晨的心唤醒。
来不及睁开眼睛，我聚精会神
听。我的身体也缓缓地醒来——
梦领着它又参观了什么地方？
我动了动脚趾，它们说不记得。
现在钟声更响了，我居住的
小阁楼，仿佛也嗡嗡作响。
那是我的脑袋在回应吗？
古老的横梁，裂缝也像耳朵。
我想，整个古城都听见了！
包括公园里梵·高的半身石像。
天色，阳光，混响的钟声，
让星期六只好懒洋洋。
想象一下，教堂的钟声，
几千年来谁还需要翻译？
传进耳穴，心已听见。

雅歌

我们的车开向前方
难道那就叫未来吗
从沙溪移向湖州
当然还得求助于轮胎
道路转动的时候
大地上的一簇簇灯光
像精灵们围在一起跳舞
今天有人问我为什么读雅歌
他不知道我在为你写
心里的爱能写出万分之一吗

夜色把黑暗都变得温柔
这一寸一寸的路途
盯得我眼睛发酸
一个人还情不自禁地落泪
你说是为了谁
你说这天空中一闪一闪的
是灯光泪光还是星光
你只好高高地照着我
就当我是一片失眠的树叶吧
一缕光就给它满身幸福
我不应该羞于说我爱——
我甚至爱你的不在
我甚至愿意忘记未来
仿佛前面的路全是记忆
仿佛未来就在眼前

雅歌

六点钟，天空把我蓝透
凭什么？它的辽阔和虚静
我为什么这么早早地醒来？
我的嘴唇上为什么有甜味？
噢，伟大的美梦，爱——
我醒来是因为梦见了你
我梦见你是因为我会做梦
就在我以为一切落空时
你却笑着出现在我眼前
这就是太阳的隐喻吧
但你美妙的名字叫月亮
爱你，就是我后半生的事业
对你的挂念，操心和祈祷
充实着我每天的每一件事

此刻，我望着天空的一无所有
想着我此生的一无所有
是的，我仍然两手空空
但上帝把月亮都指给我了
是的，我仍然心存念想
菩萨说你就念这一个人吧
世界上有万物，你是一
人心中有万念，你是一
在我飞满梦想的心空中
只有你叫月亮
其他都是星星
我，一粒微尘，一缕风
就让我在你周围飞吧
因为你是发光体，你是！

雅歌

我敲门
你的身体就开了
可那座美丽的花园
明明在修道院的墙外
我又敲门
你的灵魂也开了
像那些下凡天使中的一个
你也注定要为生活所伤
这个春天像一场约会：
朴素得只是出门走走
美妙得可以挽你手臂
上帝怎么能不应允你呢？
他爱我们是为了我们相爱
我还以为已经没有我了
是你帮我找回了我的身体

连同那颗孤绝的苦心
是的我仍然是一棵挺立的树
你能不震惊于我的心跳吗?
火山喷发也不会这么强烈
多好啊　当两个人相爱
刹那间　明白了因缘
谁能敲开你的身体和灵魂呢
除非哦除非是上帝帮忙

雅歌

我醒来的第一个念头，就是
念你，因为你不在身边。
我只好用念来迎接你，仿佛
你正在到来，仿佛你已经
住在我心里。是那个不在的你，
让我从晨曦中睁开眼，是那个
在的你，让我发现身边空空。
整个西湖就在眼前，风儿
也不愿惊扰她水一般的睡眠。
鱼和船都泊在安静深处，
这些香樟树叶与我有缘。
这个杭州存着你多少往事
像沿岸的柳丝一样密匝匝。
我来到你不在的这儿，
就是为了更深地念你。
你肯定在这儿或那儿，
无论我入睡还是梦醒。
孤山不孤，因为正等我，
断桥不断，脚步声相续。
你呀你呀，那么远，隔着
山水，那么近，如同呼吸。

秘密

你告诉我一个秘密
秘和密这两个字就分开了

就像秒把分分开
前生把后世分开

好在滴答声把分秒连成一体
今天把前生和后世衔接

出家人都来自同一个家庭
出的是俗家进的是佛家

只是没有了门
从此再不分进出

你的秘密在前世那里
你的今生又将如何度过?

一分一秒都走向未来
你可以弹琴读书

漫游各地笑而不答
但问题仍然会跟着你

你要去哪儿啊?
你能去哪儿呢?

你心中有一个目标
但那不是脚能抵达之地

你渴望成为谁呢?
佛无姓也无名

我也告诉你一个秘密吧
天空中并没有什么星星

风永远不会变老

风永远不会变老
风是从嫩草尖上诞生的
伴着一粒粒晶莹的露水
风是在树叶们睡觉时诞生的
风的啼哭声把树叶们集体唤醒
风是在沙漠的中心地带诞生的
它饿得一口吃掉了很多沙丘馒头
风是从山谷的幽深处诞生的
溪水急急地跑出来报告好消息
风是从我们的呼噜声中诞生的
它很想听懂人类的一呼一吸
风是从没有风的地方诞生的
没有风所以风就找来了
风诞生后就不停地走啊走啊
一会儿慢跑一会儿快跑
愤怒的时候它跑成台风
跳舞的时候它跑成龙卷风
风不想让我们看见它
只想让我们听见它但
我们知道它无所不在
我们有一个身体所以我们变老
风不会变老它永远不会变老
风会渴吗会累吗会饿吗会死吗

这些它都会但它就是不会变老
因为风没有一个会变老的身体
因为风就是自由这个精灵
它自由地诞生自由地赴死
这世界上的一切都是它的
但它自由得什么都不想拥有
它只拥有风自己的身体

风的身体就是没有身体

我的灵魂呢？

是谁在问？
是问我吗？

嘴唇动了动，没敢回答
脑子转了转，没找到答案

双腿都感到紧张：想跑？
肚子不争气地咕噜咕噜叫

手脚开始颤抖：是啊
到哪里去找我的灵魂呢？

她在我身上吗？
她在我心里吗？

她就是身体吗？
她难道看不见？

一天过去了
又一天过去了……

苦思冥想，累得想睡
终于睡着了，带着问号

这时，好像灵魂出现了——
你瞧，胸口在轻微地起伏

她就是那口气吗？
她真是那口气吗？

她只顾一呼一吸
她真的没空回答你

树才：死亡和爱演化的生命诗性

/ 李德武

1. 死亡和虚无的诗

每一个直面死亡的诗人都不是出于畏惧死亡，而是在面对另一种东西。死亡要么是诗人审视世间生命的终极尺度，要么是对死亡的反向抵抗。普罗米修斯为盗取火种甘愿受难赴死，西西弗斯因为死过所以重生后更加热爱大自然和生命。在诗人眼里，直面死亡就是直面残酷的命运和现实，那是他创造美的动力和源泉，且是自我生命价值标定不容妥协的界碑。

树才 1983 年开始投身诗歌创作，死亡是他诗歌写作最早触及的母题。他早期的诗歌具有和他的年龄与时代不相吻合的悲悯，那不是对政治的抒情，而是生命深处的沉痛。树才几乎是一个始终含泪歌唱的诗人。令我惊讶的是，树才诗歌的这一特点在批评界几乎被忽略。这和树才平时给人的印象有关。在交往中树才最为大家熟知的是他的微笑，加上他曾经有过的外交官、翻译家以及法国"教育骑士勋章"获得者等头衔，人们很难设想一个周身充满阳光的人怎么会怀着对死亡持久的凝视。但随着对树才了解的加深，我逐渐看到遮蔽在微笑和光鲜身份背后那颗曾经痛苦、迷茫和自我唤醒的心灵真相。他童年丧母，死亡成为他生命中最大的敌人。在树才心里，死亡不是一个形而上的概念，而是一个事实，因为母亲离世，他的生命中出现了巨大的缺失，本该充实、欢乐和阳光的童年结果笼罩的是思念、寒冷和巨大的空虚。死亡作为缺失和空虚的本质构成了树才看待现实的态度。他诗歌的现代性如同瓦雷里的海滨墓园一样弥漫着一种死亡孕育下的反向活力与美。比如他二十世纪八十年代末写的《虚脱》：

死亡笼罩了我一下子
阴影还没有消退
第二天，我穿过了一座公园
还没有穿过宽大的恐惧

死亡。我平静地念出这个词
瞧我的心还在孩子间增长
瞧大楼还从土里长出骨肉
死亡，你留下的空洞将被充实

坚硬的石头理解我此刻的冷漠
公园里，散落着老人和恋爱
这里的青春凶猛而温柔
我的目光像暮色掠过树梢

死亡，还会有人坐在这里
写作，表达对你的渴望
目的地已近在眼前
这张椅子却把我挽留

灵魂的穿越，放弃
已近在眼前
死亡却把我挽留

“虚脱”是树才身体的亲身经历，但又暗示身体失却支撑的无力状态，这种状态就像是另一种“死亡”。第一段表明，“死亡”的记忆时刻盘踞在树才的心中，它在意识中的出现是随机的，但影响却是持续的。“公园”作为一个放松休闲的场所，在他心里升起的却是弥漫不退的“空茫”感，即缺失和虚无构成的死亡空茫。

在第二段，树才的内心与死亡和虚无的作战得以进一步展开。“平静”这个词在这里更像是不平静时的自我暗示，反衬出内心的不安和焦虑，即“我的心还在孩子间成长”，可是，内心巨大的空虚应该如何将其充实？“大楼”填充的“虚弱”，无法替代自身生命的虚幻感，或者无法替代“失去母爱”造成的巨大空洞，这成了他直面自己生命时绕不开的感伤。

“坚硬的石头理解我此刻的冷漠”，这一句诗显露出树才内在的意志力，也标志着看待“死亡”视角的转向，即由对自我命运哀婉感伤到对自我存在方向和价值的标定。“冷漠”除了表达对“青春凶猛而温柔”的抵触之意以外，还含有在诗歌写作上对八十年代泛抒情现象的主动疏离。1999 年，树才和莫非、车前子共同提出了“第三条道路”的写作主张，可以视作他早期写作审美意识自觉的佐证。对树才来说，“第三条道路”就是单独探索、孤身前行的语言勇气。这语言勇气，就是通过探索追求母语变化，以个性的特色带给中国诗歌写作的多样性和可能性。

“死亡，还会有人坐在这里 / 写作，表达对你的渴望”，这里的“死亡”，已不再是单纯的事件，而是一种写作的审美主旨，即对通过诗歌和语言实现对虚无的呈现。这让树才重新发现“死亡”的意义和价值，即将他的生命“挽留”。这里的“死亡”和“挽留”关系并不是悖论关系，而是发现和体验的关系，树才的指向应该是通过写作发现死亡带给我们有价值的东西，死亡自身并不具有挽留的功能，因为在诗人的眼中，“死亡”不再是“空洞”。树才为什么要从“死亡”或“虚无”中发现“挽留”或“诗意”？我以为这是他抵抗自己内心从小以来痛苦命运的必然选择。

在《虚脱》这首诗里，他用写作（具体有限的形式）对抗无边的“死亡与虚无”，而在《母亲》这首诗里，他则把目前的“母亲的眼睛”比喻成“普遍的天空”。前者表现了他痛苦至深，后者表现了他悲伤至极。他写道：

今晚，一双眼睛在天上，
善良，质朴，噙满忧伤！
今晚，这双眼睛对我说：“孩子，
哭泣吧，要为哭泣而坚强！”

我久久地凝望这双眼睛，
它们像天空一样。

它们不像露水，或者葡萄，
不，它们像天空一样。

止不住的泪水使我闪闪发光。
这五月的夜晚使我闪闪发光。
一切都那么遥远，
但遥远的，让我终生难忘。

这双眼睛无论在哪里，
无论在哪里，都像天空一样。
因为每一天，只要我站在天空下，
我就能感到来自母亲的光芒。

这与其说是一首怀念母亲的诗，不如说是对母爱伟大的礼赞。因为在黑暗的夜晚，树才发现天空的每一颗星辰都是“母亲的眼睛”，因为他听到了母亲对他的叮嘱：“孩子，哭泣吧，要为哭泣而坚强！”树才并不是在狭隘的情感下怀念母亲，而是在人对抗命运的意志和品格选择上呼唤母爱。这时的母爱，已由一个具体的人演化成满天星辰，演化成天地万物，诗歌使他超越个人的狭隘世界，拥有了洞察万物生生不息奥秘的慧眼。

“天空”是万物生长离不开的，因为太阳就在天空中照耀万物。这是生命存在的母规则，也就是自然规则。树才从童年失去母亲的缺失与虚无中走出来，他不再把自己看作是某个“母亲”的生命所属，而是看作自然母亲的生命所属。他不仅接纳了死亡，也接纳了阳光作为生命之源这一事实。他在童年这首诗中写道：

太阳，我跟着你
到处疯走。
我们都是儿童，
看到什么，就照亮什么。

太阳，我们行的路

在身后发光。

“疯走”和“我们都是儿童”喻示出把发光看作是自然本能，而不是理想主义或浪漫主义，当然也不是神话导致的结果。“看到什么，就照亮什么”体现的是大自然的平等和公正，这或许就是树才的诗歌理想和为人准则。这种对自然法则的尊奉还体现在大自然这首诗中：

扁豆熟了，
没有人摘。
和风醉了，
无人去扶。
大自然的一切
来去自如。

一朵玫瑰，
不用感谢
阳光或雨。

“来去自如”成为他一生的追求目标。近期他出版的诗集就命名为“去来”。封面上是两条对游的鱼，实在是把树才的本意理解得太简单化了。“去来”无差别，“自如”显高下。若不能从“去来”中领会到“自如”，就没有准确领会树才的本意。“自如”在道家思想中表述为“自然而然”，在释家思想中表述为“自在无碍”（《心经》）或“无所从来，亦无所去”（《金刚经》）。从这首诗，我们不难看出树才淡化“技术的”和“刻意的”的成分影响，从本心出发支配生命所做出的努力。

2. 肉体和灵魂的统一与澄明

海德格尔从存在的角度，而不仅仅是精神的角度，抑或词语的角度（词语也是存在的一种形态）强调诗意的栖居就是抵达澄明。树才在解决了“死亡”和“虚无”诗意问题之后，写作进入到追求存在澄明的阶段。海德格尔的诗意澄明包含了天、地、人、神的四位一体，在树才这里，天地问题，通过回归自然性得以净化，人神问题，通过佛教和参禅得以统一。他在《单独者》一诗中写道：

这是正午！心灵确认了。
太阳直射进我的心灵。
没有一棵树投下阴影。

我的体内，冥想的烟散尽，
只剩下蓝，佛教的蓝，统一……
把尘世当作天庭照耀。

人和自然之间“没有阴影”，人和自己之间没有“妄想的烟雾”，从里到外，从个体到宇宙，万物充满的是“佛教的蓝，统一……”，尽管现实是有阴影的、充满烟雾的，但正好“把尘世当作天庭照耀”，即佛教所强调的“凡圣不二，智慧一如”的境界。“单独者”构成自我观照的视角，他是向外的，也是向内的，向外抵达统一平等，向内抵达透彻纯净，内外一如构成诗歌的境界，即灵魂和肉体的高度统一，词语和精神的高度一致，诗的存在代表生命最高的存在。在《莲花》一诗中，树才借助禅修之法让自己对这一生命和诗歌的最高境界追求成为可能。他写道：

哦世界？它几乎不存在。另一个世界存在……
另一些风，另一些牺牲的羔羊，
另一些面孔，但也未必活生生……
总之，它们属于另一个空间。

在打坐中，他感受到困束自己的那个“世界”消失了，眼前呈现的是“另一个世界”，显然是作为超越已有世界而存在的，是全新的，属于另一个空间。这种体验的本质揭示了人并不独属于这个世界的事实。人的解脱（抵达宗教或神性的世界）是可能的，世界存在于诸多空间之中。这让我们想到《华严经》所讲的“一花一世界，一叶一菩提”的妙境。

但客观地说，没有烦恼就没有菩提。在日常生活中，觉知烦恼所在才是禅修的关键。现实中，人是不完美的，也是不纯粹的。从参禅的角度来说，觉知到这种不完美就是一种解脱。《圆觉经》说得明白："知幻即离，不作方便。离幻即觉，亦无渐次。"在某个人、疾病和安宁中，我们看到树才和自己的一次次对话，他并非在辨识是非，而是在觉知存在，那种觉知是不包含主观态度的。这样的觉知才是心灵的澄明状态，就算面对纷繁的世相，由于思虑的单纯和专注，最终内心的安宁也没有被乱象所扰。不过，在安宁这首以排比句式构成的诗歌中，通过对不同世相安宁的观照，体现了树才的慈悲心。

值得称颂的是树才翻译过法国许多诗人的作品，而法国诗人又是最强调语言和形式创新的。比如善于制造语言奇迹的博纳富瓦，语言机智和简明的勒内・夏尔等，但树才没有让自己的诗歌语言滑向炫彩多姿的一边，反而更意识到中国诗人的根必须扎在汉语母语的土壤中，也让他更加敏感到，汉语的简单、简洁和简明中更有一种空间感，远胜于欧化曲折句式里充斥的时间细节，同时，在语言的内涵上，他不是通过对符号意义的变相赋予来展现语言的可能性，而是通过心灵和生命的感悟呈现生命的可能性。这在他后期的诗歌中表现尤为突出。我们看到，树才诗歌语言始终是朴实的、口语的，甚至夹带着俚语和地方语气（南方腔）。这符合禅宗不著文字的见性理论，也符合海德格尔诗意的澄明即语言澄明的理论。从这一点来看，树才属于用生命写作的诗人，或叫本色写作的诗人。他的写作实践为当代诗歌从文本写作进入到精神写作提供了可靠的范例。他的精神自觉和语言自觉都是以心灵的真实为出发点和尺度的，他的诗歌理想是以中国禅宗精神为旨归的，正如他自己所说："在一首诗中，语言是本体，同时语言已经不再是物，是心 - 物——或者物 - 心。"

我以为《兰波墓前》是树才最具有代表性的作品之一。这首诗共分五节，有着稳定的段落样式，显示出高度的节奏控制感。语言以叙述为主，具足了在场的现实性和感受的当下性。兰波在这里具有多重身份，象征主义最有代表性的诗人之一、一个任性而疯狂的少年、一个早亡的天才、一个儿子、一个查理小城的子民、一个死者……树才怀着崇敬之心找寻到兰波墓地，这样的拜谒必然不会是一个简单的追悼过程，而是掺杂着一个中国诗人和一个法国前辈之间的灵魂对话，必然反映出在生和死面前树才的观察和思考，也必然表现为一种可以述说的语言样式。从作品的多元性和丰富性上看，这首诗体现了树才的写作功底和艺术见地，而在心性一如方面，树才将禅宗的妙观察和善用巧妙地融汇到对具体现象的处理上，使得这首诗既有一气呵成的整体感，又有蕴智慧于话语机锋中的局部闪光。比如“墓地散发出墓地的味道”、“我不明白钟声为什么敲了又敲 / 好像有人诞生，又像有人刚刚咽气”、“星期天，心和麻雀都不休息”、“风啊你把太多的生活气息 / 吹刮到我的鼻孔里。”、“让我把这个句子写完！我将 / 回去，先回巴黎，再回北京 / 有一天还将回到我的下陈村 / 回到山和水、田埂和田埂之间”、“安静的墓地一整天都这么安静 / 连我的到来我都觉得多余”等。

3. 藉着爱的力量从绝望中再生

2009 年，树才经历了他人生中继童年丧母之后的又一次死亡带给他的沉重打击，他渴盼的女儿刚降生到这个世界一周就夭折了。尽管他知道诸事无常，但面对如此残酷的命运，他还是陷入极度的悲伤和绝望之中。在如此沉重的打击下，他的精神几乎崩溃。他慨叹自已奔波忙碌的上半生落得空无所有。他感到了生命的幻灭和无意义，甚至想到过自杀。悲伤之极时，一贯语言滔滔不绝、想象连绵不断的树才，此刻却只能从噩梦中惊醒并写下《哭不够啊，命运》。他在给我的信中写道：“《哭不够啊，命运》和《这枯瘦肉身》是两首悲极之诗，自然跟 2009 年失去闺女的悲哀有关。仰望天空，无语可言，是那时心境。……我的大半生，其实就是落空的大半生。幼年丧母亲，中年失闺女……人间诸般温暖，于我远矣。但正因如此，我对人生反而被激发起‘单独探索’的勇气。”

树才说的“单独探索”，是指他对诗歌创作萌发出的内在欲望和动力，凭借自身命运的与众不同写出有别于他人的诗歌。他在给我的信中写道：“写诗先是表达的兴趣和欲望，渐渐成了自我理解和挖掘自心的方式……语言与情感的相遇相缠是我诗歌的基本样貌，但我最终的渴望是：语言通过言语的妙用去超越词语的物性，进而让语言变成‘别的东西’”。从《在阿尔》一诗中，我们可以看到树才借助诗歌分解内在悲伤的努力。他写道：

钟声，不知怎么就传进我
耳穴，把我早晨的心唤醒。
来不及睁开眼睛，我聚精会神

听。我的身体也缓缓地醒来——
梦领着它又参观了什么地方?
我动了动脚趾，它们说不记得。
现在钟声更响了，我居住的
小阁楼，仿佛也嗡嗡作响。
那是我的脑袋在回应吗?
古老的横梁，裂缝也像耳朵。
我想，整个古城都听见了!
包括公园里梵·高的半身石像。
天色，阳光，混响的钟声，
让星期六只好懒洋洋。
想象一下，教堂的钟声，
几千年来谁还需要翻译?
传进耳穴，心已听见。

在这首诗里，树才一反以往明快的语调，变得迟疑、回环，整首诗在一种复沓和自我检视的节奏中缓慢推进，仿佛叙述的不是一个瞬间，而是一生。“钟声”以多种意蕴担当了贯穿生命始终的职能，他既有时间的绵延性，也有对生命的唤醒暗示。“不知怎么”流露出树才对现实主观上的放弃。但“钟声”如同神谕缓慢地进入到树才的心灵，使他麻木的知觉一点点苏醒。为什么树才在这里突然进入到一种幽晦的语境之中？这是因为他需要靠写作照亮自己，而词语之光不能太亮，也不能倏忽即逝，他需要通过这样的游戏让自己从绝望中活过来。因此，他变得异常敏感起来，纠缠于一个声响的细微变化，追逐它的来龙去脉，生怕自己大意失去它，生怕粗心错过每一个美好的景象，譬如整个古城、包括公园里梵·高的半身石像……在这样的沉迷中，树才希望并满足于对一种永恒声音的找寻。这种声音必然简明、直接、具有普遍的感召力，如同钟声，几千年来传播不衰，又无需翻译：“传进耳穴，心已听见。”

但什么样的声音才能具有钟声的普遍感召力呢？显然不是圣言，圣言只有信徒才能听到；显然不是哀歌，哀歌只有内心藏着悲伤的人才能听到；也不是理想主义的颂歌，理想主义的颂歌只有迷恋幻想的人才信以为真。能够对所有人都具有感召力的只有一种歌声，那就是爱之歌。

他是怎样从丧女之痛中发现爱情的？我不得而知。当树才寄给我一大组以“雅歌”为标题创作的诗歌时，我第一感觉就是树才对人生领悟透彻了。在爱情面前，他前所未有地展现了自己始终努力遮蔽的一面，即爱欲本身，用他自己的话说是“火山爆发”。以前他把生命最终的出路放在对佛教的信仰上，为此他走向寺院，佛法的无常、苦、空理论，让他认识到自己遭遇的缘由。他开始修禅，以空性和静观过滤掉内心的杂尘。似乎他找到了生命的归宿，并努力在禅修中疏远尘缘。但就在他遭遇到更大打击之后，他的生命出现了奇迹般的转机：他竟然恋爱了！以从未有过的迷恋和欢喜恋爱了！他体味到爱一个人是怎样美妙的滋味，而他的热情和诗意，也随着爱心的敞开进入到一个崭新的春天。这是树才走出从小失去母亲痛苦阴影的开始。他一直渴望被爱，现在他发现爱别人竟是如此重要和美丽，那不仅是男女之情的敞开，也是他理解一个人最高价值的表现。

《雅歌》不单纯是一组爱情诗，而应看作是树才去除神圣与凡俗之别的真情流露，是他表达一个诗人情怀的最好形式，是他实现自我生命诗意与升华的最为透彻的呈现。毫无疑问，《雅歌》里的每一句都是有人性的，都是有心跳和温度的，都是内心至真至纯的流露，涵盖了男女之爱，也涵盖了对人间一切美好事物的态度。树才在给我的信中抑制不住内心的欢喜：“2013 年开始的恋爱便将我拯救出来，爱从来都是一根救命稻草，人的行动力被激发出来。《雅歌》表现了我对语言前所未有的信任。”比如这首《雅歌》。

我敲门
你的身体就开了
可那座美丽的花园
明明在修道院的墙外
我又敲门
你的灵魂也开了
像那些下凡天使中的一个
你也注定要为生活所伤
这个春天像一场约会：
朴素得只是出门走走

美妙得可以挽你手臂
上帝怎么能不应允你呢？
他爱我们是为了我们相爱
我还以为已经没有我了
是你帮我找回了我的身体
连同那颗孤绝的苦心
是的我仍然是一棵挺立的树
你能不震惊于我的心跳吗？
火山喷发也不会这么强烈
多好啊 当两个人相爱
刹那间 明白了因缘
谁能敲开你的身体和灵魂呢
除非哦除非是上帝帮忙

“雅歌”在圣经里代表着最纯洁的爱情，也可以称为“圣洁的爱”，蕴意着拯救者基督与被拯救者之间亲密的关系。在树才这里，《雅歌》表现出了爱情对他的拯救，并让他进入到生命的至美境界，犹如但丁跟随贝德丽琪进入到天堂。“我敲门 / 你的身体就开了”，有一种机缘成熟、豁然绽放的神秘力量。“你”既是爱的对象，也暗指自己。“打开”意味着我和你已经没有秘密，没有隔阂，抵达合二为一的状态。“身体”不仅仅是肉体本身，也指生命所有的现实空间。从语言上也体现了汉语魅力，这种对应的句式非常具有空间感，两句诗其实是一个词的拆分，即“敲开”，在汉语语境下，“敲开”一词意味着对未知和可能性的探究与抵达，当它表示动机和动作时，它携带了主动性；当它表示场景时，它隐含了彼此的亲缘关系；当它表现为某种状态时，则意味着两个世界的打通；当它表现为结果时，则意味着惊喜。也许我们会想起韩愈和贾岛关于“推敲”的佳话，从中领会一字精准全诗生动的重要性。也许我们会从佛法以敲击木鱼来唤醒觉知力中感受顿悟法门一门开则迷悟两重天的惊奇。

“我又敲门 / 你的灵魂也开了”。通过重复的句式将彼此的融合从有形的世界扩大到无形的世界，由外在和表象上的融合延伸到灵魂和本质的统一。这就是树才对爱的最高实现，这样的爱不单纯是男女之爱，也是树才对人间之爱，对诗歌艺术之爱，实现了他最初给自己确立的生命“没有阴影”的追求目标。随着他心门的打开，他的生命立即朝着另一个伟大的空间敞开，这个空间就是童真。2014 年，他开始教孩子写诗，竟发现痛苦的童年并没有让他丧失童真之心，而这种童心居然是在年过半百之后被自己唤醒。这是何等的欢喜和珍贵！他开始喜欢孩子，教孩子写诗，他也向孩子学习，让自己貌似沧桑的心返朴还童。

至此，树才用他的遭遇、经历、写作和感悟破译了命运痛苦之谜，也成就了他个人诗性的独特品质。在当代诗人中，树才对法语诗歌的翻译和贡献是有目共睹的。他凭借自己生命的苦痛和热量点燃的诗歌之炬，也在当代汉语诗歌中绽放出夺目的异彩。树才的诗越来越有味道了，也越来越纯粹。他的精神和语言，行动和观念越来越接近于诗歌本身。今天的树才，依旧笑容满面，笑得单纯、真实，没有一丝修饰和刻意。

2020 年 1 月 8 日于石湖滴水斋

《内 · 外一扶》

苏晓旺

布面油画

160cm × 100cm

2014 年

组章

无名的幼体

/ 陈先发

良愿

不动声色的良愿像尘埃
傍晚的湖泊呈现靛青色

鸟在低空，不生变
枯草伏岸，不生疑
只一会儿，榆树浓得只剩下轮廓

迎面而来的老者
脸上有石质的清冷

这一切其实并不值得写下
淤泥乌黑柔软
让我想起胎盘

我是被自然界的荒凉一口
一口
喂大的。远处

夸张的楼群和霓虹灯加深着它

轻霜般完美
轻霜般不能永续

冷眼十四行

夜雀滑向池中橘红的圆月
静穆的阴影投射在平面上
负责阐释一切阴影的
年轻禅师觉得疲倦——
他为不能平息在词句中
变幻不可控的语调难堪
也为活在一个看不到起点和
终点的喑哑的世界难堪
他知道沉默不可完成
而自我又永难中断
他为一棵樱桃树难堪
为樱桃的不可中止难堪
他看见死者仍在弧线上运动而
每一块湿润的石头都如梦初醒

鸟鸣山涧图

那些鸟鸣，那些羽毛
仿佛从枯肠里
缓缓地
向外抚慰着我们

随着鸟鸣的移动，野兰花
满山乱跑
几株峭壁上站得稳的

在斧皴法中得以遗传

庭院依壁而起，老香榧树
八百余年闭门不出
此刻仰面静吮着
从天而降的花粉

而白头鹎闭目敛翅，从岩顶
快速滑向谷底
像是睡着了
快撞上巨石才张翅而避

我们在起伏不定的
语调中
也像是睡着了
又本能地避开快速靠近的陷阱

寒江帖

笔头烂去
谈什么万古愁

也不必谈什么峭壁的逻辑
都不如迎头一棒

我们渺小
但仍会战栗
这战栗穿过雪中城镇、松林、田埂一路绵延而来
这战栗让我们得以与江水并立

在大水上绘下往昔的雪山和狮子。在大水上
绘下今日的我们：

一群弃婴和
浪花一样无声卷起的舌头
在大水上胡乱写几个斗大字

随它散去
浩浩荡荡

坝上松

夜间松林暗火飘荡
那些火远看上去
是冰冷的

但仍像有些什么
在林中复活

更隐蔽的响声来自盗伐者
他们砍倒巨松却只
带走它们苍老的根部

他们顺江而下。据说在苏州一带
把一张张琴从
这根部取出来

古时候他们还会取出绞刑架
而那些凝结的
松脂芳香四溢，在另一些
小镇上被熬成长明灯

家乡的工匠们只从松树上
得到轻的、不值钱的东西
比如提线木偶

只有我享受了最轻又最好的——
十一二岁，正午在林间空地
当我长睡而醒
温暖松针在全身覆盖了厚厚一层

二者之间

清晨环绕着我房子的
有两件东西
斑鸠和杨柳

我写作时
雕琢的斑鸠，宣泄的杨柳
我喝茶时
注满的斑鸠，掏空的杨柳
我失眠中
焦灼的斑鸠，紧绷的杨柳
我冥想时
对立的斑鸠，和解的杨柳

我动一动，斑鸠丢失
我停下
杨柳又来
视觉的信任在触觉中加固着这
点点滴滴
又几人懂得？
我最想捕获的是
杨柳的斑鸠，斑鸠的杨柳
只是我的心
沉得还不够深
不足将此般景象呈现出来

但两者的缝隙
正容我身
我在这分裂中又一次醒来

黄鹂

用漫天大火焚烧
冬末的旷野
让那些毁不掉的东西出现

这是农民再造世界的经验
也是梵·高的空空妙手
他坐在余烬中画下晨星
懂得极度饥饿之时，星空才会旋转

而僵硬的死讯之侧
草木的弹性正恢复
另有一物懂得，极度饥饿之时
钻石才会出现裂隙
她才能脱身而出

她鹅黄地、无限稚嫩地扑出来了
她站不稳
哦，欢迎黄鹂来到这个
尖锐又愚蠢至极的世界

云端片刻

总找不到自体的裂隙
以便容纳
欲望中来历不明的颤动

直到一天夜里
裸身从卧室出来
经过门口穿衣镜
一束探照灯的强光从窗外
突然斜插在我和
镜子之间
我瞬间被一劈为二
对着光柱那边的自己恍惚了几秒
这恍惚也被
一劈为二
回到燥热的床上，我想
镜中那个我仍将寄居在
那里
折磨、自足
无限缓慢地趋淡——
那就请他，在虚无中
再坚持一会儿

对立与言说

死者在书架上
分享着我们的记忆、对立和言说

那些花
飘落于眼前

死者中有
不甘心的死者，落花有逆时序的飘零

我常想，生于大海之侧的沃尔科特为何与
宽不盈丈的泥砾河畔的我，遭遇一样精神危机

而遥距千年的李商隐又为何
跟我陷入同结构的南柯一梦

我的句子在书架上
越来越不顺从那些摧残性的阅读

不可知的落花
不可说的眼前

湖心亭

老柳树披头散发
树干粗糙如
遗骸

而飞蠓呢，它们是新鲜的
还是苍老的？
飞蠓一生只活几秒钟

但飞蠓中也有千锤百炼的思想家
也攻城略地
筑起讲经堂
飞蠓中的诗人也无限缓慢地
铺开一张白纸
描述此刻的湖水
此刻的我

在它们的遗忘深处
堆积着我们不知道的东西
它们悠长的
睡梦中
早春造型的冲动

也一样起源于风？

在这个充满回声、反光
与抵制的
世界上

这几秒越磨越亮
它们的湖心亭
我的湖水

蝴蝶的疲倦

沉静小河上蝴蝶飞来
橘红色晚霞，在粼粼
波光上折射出更多的蝴蝶
像一个人在她变幻
不定的替身中漫游——
我们容易对身体着迷
又苦于灵魂不能在
不同躯壳之间随意腾挪
但文学，恰恰脱胎换骨于
这样的两难之境。这个傍晚
蝴蝶将告诉我们一些什么？
她的分裂造就了庄子
她的虚无让纳博科夫
在灰烬中创造了永恒的洛丽塔
而她的疲倦，也许将
永不为人知……

玫瑰的愿望

当孤独有着最完美的范例

它一定是费解的

傍晚。静谧的街心花园
我听到一个声音从花柄传来
来吧
品尝我的空洞
填满我的空洞

人炽烈的身体和隔绝的
内心在玫瑰上
连接起来——
在那里难以冷却

但玫瑰的大脑空空
我们手持剪刀只是
通过一束花在修剪自己

当这空洞有了颜色，不断绽放
我再没有什么
去试探它们
填满它们

语言呢
语言并不可靠

玫瑰体内坐落着
语言抹不去的
四面八方之苦

无名的幼体

一岁女婴在此

诸神也须远避
只有她敢抹去神鬼的界线并给
恶魔一个灿烂的笑脸

整个下午我在百货店门口看她
孤赏犹嫌不足
我无数个化身也在看她——

银杏树冠的我
白漆栏杆的我
檐上小青瓦的我，橱窗中
塑胶假肢的我
在小摊上哽咽着吃面条的
外省民工的我
在不远处拱桥洞中
寄居的流浪汉的我
在渺不可见的
空宅中，在旋转的
钥匙下被抵到了疼处的我
叭嗒一声被打开的我
从这一切之上拂过
风的线条的我
若有若无的我
都在目不转睛地看着她
我需要一个掘墓人了
我的衰老像一面日渐陡峭的斜坡

还有半小时我将
远离此城
我静静看着她。我等她在
我慢慢转身之际
迎风长成一个瀑布般闪亮的少女

过伶仃洋

浑浊的海水动荡难眠
其中必有一缕
是我家乡不安的小溪
万里跋涉而至
无论何处人群，必有人
来担负这伶仃之名

也必有人俯身
仰面等着众人踩过
看见那黑暗——
我来到这里
我的书桌动荡难眠
不管写下什么，都不过是在
形式的困境中反复确认
此生深陷于盲者之所视
聋者之所闻

我触摸到的水，想象中的
水
呜咽着相互问候
在这两者微妙的缝隙里
跨海大桥正接近完工
当海风顺着巨大的
悬索盘旋而上
白浪一排排涌来，仿佛只有
大海猜中了我们真正偏爱的
正是以这伶仃之名捕获
与世界永恒决裂的湛蓝技艺

深夜驾车自番禺去珠海

车灯创造了旷野的黑暗
我被埋伏在
那里的一切眼睛所看见
我
孤立
被看见

黑暗只是掩体。但黑暗令人着迷
我在另一种语言中长大
在一个个冰冷的词连接
而成的隧洞中
寂静何其悠长
我保持着两个身体的均衡
和四个黑色轮毂的匀速

飞蠓不断扑灭在车玻璃上
他们是一个个而非
一群。只有孤立的事物才值得记下

但多少黑暗中的起舞
哭泣
并未被我们记下
车载音乐被拧到最低
接近消失——
我因衰老而丢掉的身体在
旷野
在那些我描述过的年轻桦树上
在小河水中
正站起身来

看着另一个我坐在
亮如白昼的驾驶舱里
渐行渐远
成为雨水尽头更深黑暗的一部分

（选自《山花》2020 年第 1 期）

有一年

/ 杨键

河边柳

傍晚的柳树，
要教会我们和平。

公公、婆婆，
岳父、岳母，
夫妻、兄弟，
姐妹、妯娌。

像一根根柳丝，
轻拂在傍晚的水面。

有一年

有一年，
在江边，
十几头牛，
好像白色的化石，

在眼前移动。

我再定睛望江水，
江水在移动，
却像无声的幽灵。
唉！
一切都过去了。

冬至

冬至纸钱的灰，
荒寒而幽深。
刚升起的太阳，
也是荒寒而幽深。
我们的家，
也是荒寒而幽深。

风暴

风暴来了，
我们待在屋里无法出门，
直到夜里它才平息。
我们跑出去看，
成片的树，
倒在地上，
却有一阵阵异香，
从那倒下的树身传出，
我呼吸这绵远神秘的香味。
今天想起，
为它做一座坟。

故土

江水混混沌沌，
什么也不想说。
我轻易飞过，不留痕迹，
看见你在母亲的坟头除草，
你的心
（那是我的故土）
已经丢失。
我在天上的叫声，
你不知晓。

老田埂

你们说，
父亲临终的脸好像故乡上空的云，
我却分明在他脸上看见一个放牛娃骑在牛背上，
满脸夕阳。

他要穿过一片柳树林，
一座坟地，
一个打谷场，
才能到家。

他的母亲，
也就是我的祖母，
做好了晚饭，
站在家门口，
等着他回家。

几千年来，
我没有任何进步，

仅能供这个放牛娃，这头牛通过。

你会吗？

一片芦苇的，
或是一只母羊的，
你会留下这样的声音吗？

你会吗？

母亲在巷子里喊着孩子的乳名，
那孩子隐身在一条小船里，
故意不答应。
如果这孩子不答应，
母亲会永远喊下去，
永远喊下去的母亲的声音
触摸着我，比什么都神奇。

你会吗？

在活人那里得不到就在死人那里得到，
在死人那里得不到就在自然中得到，
在自然那里得不到就在神灵中得到。

你会吗？

长年累月的墓土上柔和的枯草
使我们的脚步舒缓，
而那些死去多年的人在我们的心里酿蜜，
直到我们彻底放弃了，
才能与他们见面。

你会吗?

秋风啊，你要将我们的心吹得发出古时候的声音。
古时候，时光的流逝靠活人来提醒
通过寂静，和一只木梆
在一个深夜里传得很深，很远……

你会吗?

奇树图

岁月如一头无法调伏的狂暴野兽
来过走过活过的人在一座纸做的桥上都是露水一场

所以

河面上飞着戴孝的白鹭
在称之为你的寒冬里树木美丽

所以

梅兰竹菊四座坟前
跪满了各色人等
数也数不过来

所以

我们在澡盆里洗着刚出生的婴儿
如洗着墓碑

所以

这些鹿一样的犯人在漫天飞雪中不知能否游到对岸

所以

你看着爸爸妈妈如看着墓碑
你看着妻子儿女如看着墓碑
你默然无语也犹如痛哭失声

所以

你被罪过演着
被美演着

一脸死灰地
在针尖上舞着

把头颅别在腰间
别在轻重缓急之间

所以

在那光阴的舞台上
星星也照耀过了
树叶也落下过了
死也能那样妩媚

所以

我是你研的墨
你是我开的花

那已经离去的人还魂来与你相拥

在黑暗里旋转

所以

墓碑啊
墓碑说

在我这里

树

因此成为

奇树

荒草

得放弃了所有去飞行，
得在细弱的飞翔里，
飞成虚无才能有透明。

如此强硬地，
融入雪，
星光灿烂之地。

暗淡

生命好可怜，
有的瘸了，
有的瞎了，
有的孤独并且呆滞了，
有的在地上爬着。

有的在泥巴里，
一句话也不说。
有的，很遗憾，
走的时候把被单都给抓破了。
生命好可怜，
我们在这里生活，
却什么也没有学会，
而母爱是唯一的护身符。

深思

去年冬天，我为一个老太太送葬，
在摆放她的骨灰时看到另一个骨灰盒上的一张照片。
“1980年生，1997年卒”。
眉清目秀，一双眼睛，真如秋水。

我不明白这双我只见过一次的眼睛，
为什么还在我心里亮着。
她已是亡者。亡者在哪里呢？
自古以来我就在这一片喑哑的田野上深思。

长亭外

记忆里的有些事情要经过很久才能讲述出来……
现在可以讲一讲那个阴雨天里的一座老桥了
可以讲一讲那个在桥上卖栀子花的老妇人
讲一讲我在那座桥上
听见的师范学校的女生们合唱的长亭外
那歌声同屋檐下的雨丝
同那座老桥
同那个卖栀子花的老妇人是多么相称啊！

滋润

要歌唱冬天
和冬天的湖水上，
野鸭展翅的英姿，
要歌唱那清晰的飞翔。

要歌唱柳丝，
要歌唱它的轻盈，
在有雾的湖边，
形成的境界。

要歌唱那境界，
对心灵的滋润，
使它的歌声婉转，
在有雾的湖边。

落日

落日在田埂上的一只粪桶里
发出万丈金光。
很快，金光不见了，
田野上又是一片浓郁的苦颜色。
而我因享受了这样神奇的光芒，
不会再有死亡……

（选自《草堂》2020 年第 1 期）

青铜枝下的歌谣

——仿“西北花儿”

/ 叶舟

阳世上来了阳世上闹

三国的唱本里乱演义，
英雄和狗熊难辨认；
结交的阿哥是一枝梅，
根扎在我一世的光阴里。

青石头缝里的黄菊花，
白银的瓶子里栽下；
我是那虚空里飘零的茶，
阿哥是品茶的行家。

东海里升起了明月亮，
一月里能亮几回？
阳世上来了阳世上闹，
再不闹人就老了。

好名声留给这世上

三十股绳子十八根棍，
公堂上审，
我的嘴里长了锈了；
尕妹是阿哥的护心镜，
打坏了，
我就不害相思的病了。

九根弓子七十二箭，
法场上见，
杨七郎死在了花椒树上；
阿哥是宫灯尕妹是蜡，
快点上，
把好名声留给这世上。

一晚夕把你梦见

什么是娘子什么是伴，
什么人打扮成状元？
白昼里想你心疼烂，
一晚夕把你梦见。

白蛇是娘子青蛇是伴，
许仙打扮成状元；
若要咱俩的感情变，
我罢了皇帝老贼的官。

只有你，是我的心养着

河里的鱼娃水养着，
头顶的老鹰天养着；

世上的尕妹千千万，
只有你，是我的心养着。

地上的羔羊草疼着，
风里的蚂蚱雨疼着，
世上的菩萨万万千，
只有你，是我的爱疼着。

从前的日子是一颗糖

树顶上站着公凤凰，
下面是一只母凤凰；
阿哥的三魂你勾走了，
天打雷劈着废了。

从前的日子是一颗糖，
现在是苦胆的蛋黄；
舍你不易见你难，
我现在成了吃药的病汉。

好月亮都在天上悬

大红冠子的红公鸡，
它以为自己是灯笼呢；
你是世上的明眼人，
我怎么入你的法眼呢？

后门上的铁锁子，
下了雨它就要锈呢；
心里头有话说不出口，
我等着你给我活路呢。

好月亮都在天上悬，
摘不到手里也枉然；
我半夜三更往门缝里看，
把门槛踩成了万丈的崖。

天上的星星全来了

天上的星星全来了，
银河里的水满了；
想你想到了命根上，
清眼泪哭满了七缸。

琉璃瓦铺在了经堂，
武松像画在了鼓上；
好汉子死在了为人上，
热心肠留在世上。

对答

男：十七十八学木匠，
二十岁学了个画匠；
画龙画虎画月亮，
难画尕妹的心肠。

女：葱白的袜子葱白的鞋，
葱白布缝下的腰带；
阳世上来了阳世上闹，
一眨眼少年人就老了。
挑起灯笼仔细看
白纸摆在了方桌上，
你要写中堂，还是对子？

一筐子的丰收果，
你要吃核桃，还是枣子？

请了个木匠来做客，
你要做箱子，还是柜子？

浪罢了杭州浪苏州，
你要绸子，还是缎子？

铁匠铺里去烧火，
你要银子，还是金子？

上天的梯子搭上了，
你要摘月亮，还是星子？

挑起灯笼仔细看，
你要老地主，还是我这个小伙子？

你是元帅的什么人

杨六郎把守着三关口，
四城门上了大铁锁；
你是元帅的什么人，
把我的心锁在了地牢。

千里的战场上旌旗飘，
辕门上要斩杀宗保；
你要死我跟你一起死，
不死了我陪你慢慢老。

走一趟热辣辣的人间

打一把五尺的钢刀，
挖一只乌木的鞘；
舍一副七尺的身子，
闯一个天大的祸。

瞄一眼万里的河山，
疼一颗尕妹的心肠；
走一趟热辣辣的人间，
留一个英雄的名望。

你把我活生生地浪费了

大山的根子里挖金子，
就是没个称金的戥子；
人世上活了一大遭，
就是没个暖心的妹子。

说难过，
心疼破。

白马跑了五营了，
圆圆爱上了吴三桂；
阳世上的人那么多，
你把我活生生地浪费了。

说难过，
心疼破。

想你容易舍你难

王母娘娘嫁玉皇，
早把天规给破了；
想你容易舍你难，
心里头扎上一刀了。

韩湘子出家终南山，
怀抱着渔鼓儿简板；
尕妹是麝香鹿茸丸，
我就是吃药的病汉。

我在石头上刻下你

青石头青来蓝石头蓝，
白石头好像是牡丹；
我在石头上刻下你，
皇帝用玉玺，
我也舍不得换。

兰州的木塔藏里的经，
拉卜楞寺里的宝瓶；
我在心里供着你，
给三个宰相，
我骂他的脏话有呢。

我就说自己是乾隆的爷

花缎子的枕头我不爱，
你白萝卜的胳膊最绵；
谁让我这一世害心病，
我就喝光她药水的泉。

红花木的雕床我不爱，
你象牙的身子最软；
谁嫌我这一生贫寒，
我就说自己是乾隆的爷。

金瓦的宫殿我不爱，
你芍药花的小嘴最甜；
谁说我良心上亏欠，
我就把一腔子热血剖开。

须弥山升起了明月亮

三月的清明绿下了，
四月八开始了立夏；
人活一生不容易，
万物只讲一个缘法。

须弥山升起了明月亮，
像佛陀一样漂亮；
舍完了金山舍银山，
舍我的尕妹子是万难。

大千的世界上抓不住你

园子里开的是日头花，
跟上太阳了转哩；
我心里头坐着白牡丹，
她不知道这个人要疯呢。

日头花亮得耀眼睛，
白牡丹白得要破哩；

大千的世界上抓不住你，
心急着眼皮儿跳呢。

尕妹是绸子，阿哥是布，
布粗了配不上你；
三魂儿绊倒在心里，
来世的路上我苦等你。

骑上白马过乌兰

骑上白马过乌兰，
乌兰山招兵着呢；
宽大的世上人挤人，
落可怜，
没一个是我贴心的牡丹。

三战吕布在虎牢关，
吕布的夫人是貂蝉；
好像看见了又没遇上面，
着了火，
嘴里大喊一声：皇天！

十三省的医生可怜我

白龙马别拿鞭子打，
它背着一箱子佛经哩；
就算你是万恶的白骨精，
我乐意送上门去哩。

庙门口长下的金莲花，
手闲了也别去伤它；
人家们的花儿开遍了，

我俩的骨朵们全败了。

天上的疙瘩是一团云，
哭不干黄河的眼泪；
十三省的医生可怜我，
也熬不出救命的药水。

浑身的肉乱跳呢

敦煌的窟子有四百八，
每一个都弘扬佛法；
我哪一个都不拜，
只有你，才是今生的菩萨。

嘉峪关城头的响铃多，
全靠了风在吆喝；
我哪一个都不爱，
一想你，浑身的肉乱跳呢。

天荒地老了也不怕

麦子拔掉了草留下，
明年了，
它还要发芽；
情意没有了，
好留下，
以前的欢乐们记下。

庙没有了经留下，
来世了，
木鱼儿说话；
身子没有了，

爱留下，
天荒地老了也不怕。

这一座刀山留给我

白马儿拉起了血缰绳，
杨六郎带的是败兵；
咱俩是世上的真君子，
铁得没有个说头。

林冲雪夜上梁山，
一路上落了大难；
这一座刀山留给我，
案发了我一个人扛起。

灵芝草都是念想

太阳东升，西落下，
月亮们心热着呢；
盘天的路上，
我走过，
你珊瑚的眼睛我疼过。

好月亮都在天上，
灵芝草都是念想；
万物是真的，
人假的，
这大千的世上我们活过。

（选自《芙蓉》2020 年第 1 期）

我想有一间小屋

/ 田禾

黑暗

天已黑尽，秋芦苇在水边战栗，
河堤上有灯火划过的痕迹。

河水哗啦啦流过这夜晚，
穿过黑暗中一座桥孔的缝隙。

黑暗中的风铃草将要结霜，
在半夜停止了长势。

我和吴蒙摸黑在河堤上走路，
河里的鱼不时搅起怪异的响动。

找不到什么为自己壮胆，
我们就走着整齐一致的步子。

一块地

一块地，过去生产队种荞麦

种过两年苎麻，后来什么都不种了
成了一块荒地。父亲心疼死了
用铁锹翻地，他身体的周围
涌起一阵黄土
然后把半升蚕豆的种子点进地里
同时也把一粒农谚种了进去
种子的壳让三月的雷砸开
随后一场春雨降下
豆苗出土，父亲给它施肥
长出杂草，就把它锄掉
后来蚕豆花按时开了
那被风吹薄的紫色的花瓣
转瞬像怀了爱情一样结满豆荚

红薯

红薯容易种植，山旮旯
也能牵藤长薯。在地上铺上
土杂肥，不下三个月
藤叶就覆盖了地面

红薯永远在泥土内生长
根，深深扎在泥土里
向上向下的力量，使泥土
在隐痛中，红薯一天天膨大

红薯刨过了
地上剩一层灰暗的浮土
一场霜降就要来临
山顶变凉了，在等着起雾

青海湖

青海湖。一个劲地蓝
不分白天黑夜地蓝

神赐给的一片神圣的蓝
从水里一直蓝到天上

倒流到天上的蓝，漂浮如水
星辰在黄昏点亮了它们

比宝石蓝还要蓝的蓝
比孔雀蓝还要蓝的蓝

蓝得几乎要被摧毁一样
蓝得仿佛世界再没有蓝了

水更深的地方，更蓝些
鱼潜于它的深蓝之中

这样的水，喝一口，在心里蓝
一辈子饮，在血脉里蓝

芦苇荡

走近洪湖就听见了野鸭的叫声
芦苇在一湾荡漾的湖水里渐渐泛白
水底闪动着一丛丛芦穗的影子
芦苇花像羽毛一样，在天上飞

去芦苇荡，水是唯一的道路
船拐着弯儿走，好好的湖，却分了

那么多岔，走过山路十八弯
在这里又让我看到了水路十八折

水低垂地流淌，湖面泛满落霞
阳光照不到的地方，芦苇长得矮些
瘦弱而纤细的苇秆在风中摇晃
风吹一下，就战栗一下，弯曲一下

下雨那天我又去了洪湖，湖水上涨
芦苇的半截身子泡在水中
寒冷的北风零乱了她满头的白发
黄昏的湖面卷起雪一样的涛声

我想有一间小屋

我想拥有一间建在小山冲的小屋
用泥土和石头把它垫高
让明月在仅几米高的天上朗照
让云彩擦着我身边的山崖飘荡
我愿意每天守着那些老树和朽木
黄昏聆听森林深处猴子的叫声
在房屋周围，我种下粮食和蔬菜
冬天晒太阳，喂马，抓野鸡
山那么大，我不必在周围打井
到处都是山泉，可以省下农民必备
的瓦罐，老父亲也不需要连夜
赶搓井绳。母亲在泉边洗衣、磨刀
她要在来回的路上耗尽一生
山中松树，挺着腰生长，一年长
一尺。林间月色，浑浊、朦胧
难以搅动。我站在屋前俯瞰山下
油菜花和小河都流进了我的身体

风

风起的源头是一个山坳
吹到村庄时，它走了很多路
拐了很多弯
风用脚趾和膝盖行走
最先拐过一座山峰
在山顶的飞云寺停留了片刻
然后穿过一片山林
把那边山坡上的青草吹了一遍
继续往前，路过一块坟地
吹醒了一位亡灵的 21 克灵魂
经过松鼠走的草径，羊走的小路
拐过落着花瓣的桃树和不结桃子的桃树
风吹进村庄的时候，噼里啪啦响
像牧鞭抽着羊群
吹着村民单薄的衣衫
吹着他们的甜日子苦日子
把村路吹得弯了又弯
把水井的水吹出了光泽
把掉下来的天空又吹回了天上

悬棺

那天游三峡
突然看到悬崖上的一口棺材
心头一颤，一疼，立即平静下来
知道这是传说中的悬棺

别人死了睡在泥土里
他死了睡在悬崖上

生于低处，死于高处
以一种倾听江水的姿势躺着

活着用一块土地耕种
死后用一座悬崖安葬
知道土地的珍贵
死了，就不与活人争土地了

下面是深渊，高处是天堂
逝者在洞穴内悄然安息
洞口雾气缭绕
散发着阴界的烟火气

人生本来就是一次高悬
只是死后悬得更高
高处无喧嚣，一生太累了
现在可以睡一个好觉

崖边飘满落叶般的纸钱
像寂静中在默默举行着葬礼
这时候谁在船头跪下
谁就是他人世的孝子贤孙

杂货店

这是村里人每天光顾的地方
闲坐的地方
谈家长里短的地方
买针头线脑日杂百货
和孩子们买铅笔的地方
过路人歇脚的地方
乡邮递员放报纸信件的地方

摩的开来停靠的地方
打牌人换零钱的地方
坐在店门口的老人
孙子放学回家
把书包撂在他的腿上
从夕阳陡峭的暗影里跑开
老人守着杂货店
经常攥着一大把欠条
趴在算盘上扒拉着算账
有时站在门口
看路上缓缓经过的行人
用一口方言给外地人指路
时刻进屋数抽屉里的钱

王太发

王太发不让他老婆点灯，
他说他想在黑夜里待一会儿。

王太发在外面的院子里蹲下，
院子黑得像他挖煤的矿井。

王太发在黑暗里蹲着，
他心里的苦和痛明亮起来。

那座煤矿今天又死人了，
想到这王太发真的有点害怕。

他感觉自己被死亡抓住，
迟早要死于这挖煤的职业。

但他要养家，每天只能挖煤，
去接受每天可能的死亡。

（选自《诗刊》2019 年第 6 期上半月刊、《草堂》2019 年第 6 期）

痛苦是成年人的仪式

/ 鲁布革

青苔

那个河马般沉重的诗人
在林子里低头找着什么

松涛缓缓推开天空
阳光碎了一地

他回来了
迈着西西弗斯的步子

喘息未定间
搬出一块黑色的石头

上面覆满了青苔

锄头和莱卡

用头巾漉酒的农夫

一早就荷锄种豆去了

归去来兮已是黄昏
锄头在肩上继续明晃着

挎包上还系着哥伦比亚
麦德林诗歌节请柬的大师

迅速掏出一台
黑黑的莱卡

对准农夫和锄头
按下了快门

无常

蜻蜓在水面交尾
苞谷结出了胎盘
苹果红了菌子熟了

雨像钻石划过车窗
大地青睐八月
万物齐赴天堂

手机丁零短信频仍
鲁甸突发 6.5 级地震
天地突然间
露出了它不仁的一面

对称

有时我感到一只蚂蚁和一头大象是对称的

在天平的两端
蚂蚁高高在上
大象一脸沮丧

告诉我真的生活

从第一次劈柴开始
回忆一下周遭还剩下了些什么?
鸡舍栅栏湿漉漉的菜地
牵牛花藤爬上了篱笆架
母亲在家中正为我们准备
一顿丰盛的午餐
而我正在紧靠邻居家的
一块空地上劈柴
回忆一下我怎么找到了那把斧头?
一些矮墩墩的木头
何时运抵我的脚下?
将木头立稳了
校对调整步伐屏住呼吸
斧头
锋利且迅疾的一击——
矮墩墩的木头
弹向两侧
告诉我真的生活母亲啊
当年松香弥漫炉火正旺
苹果花开在了院落
告诉我真的生活
一个劈柴的简单动作

一个下午的思绪

我坐在这里

我坐在一个坐标的中心
古老的先辈给出了精确的时间方位
让我不至于迷失自我太深
不小了还未老
我未觉出有什么不妥
春天我首先看到了白色的杏花
旋即参加了爷爷的葬礼
深夜我与亲人相拥轻吻
天亮时地球的另一端有人无端将我怨恨
我是一张白纸如今写满是非
一年中也害那么几次
短暂的失忆症
我叹气并不代表我悲伤
我点头并不代表我同意
我言不由衷词不达意
我有初涉中年的恐慌
剩下的日子我还未经历
爱自己的心情已然过去
顾镜更多的是一种忧虑
一杯茶暂时平和了我的心绪
一头名曰“深蓝”的抹香鲸的
故事打动了我
沉在大海深处的事物
我们看不见也漠不关心
这让我对人性有了更深的体悟
一年之计在于春　而我在此际
方明白日子的珍贵
再也不敢过于得意
风干物燥的季节
山林火起我的手
屡次被静电击中
在一本物理书中寻找答案

方明白我也是个带电体
那就让我时常给予生活
类似温柔的一击

你需要些什么?

你需要些什么?
我需要：所必需需要的。
我需要：所必须需要的。

首先：我需要光。
光。太阳的。光。
抬起头。眯起眼。

感激啊。因为光
春天的花。开了。
冬天。暖和。

其次：我需要水。
其次：我需要空气。
此两项，不再多说。

我需要一间宽敞的房子。
我需要一张书桌。
我需要一床棉被。我需要
炉膛的火。

我需要。回首。
少年的吊桥。沙堆。单杠。
1981 年 7 月 24 日
神秘的宇宙光环。

我需要。一种经验被再次验证。
灵魂永不失去磨铁的声音。

流水的节奏忠实于山体。
黄昏的万物沉静而舒缓。

我需要。爱。
十年已去。
北京。冷秋风。

银杏叶似潮水。
金色的涌动。
一种马背的思想。
一个光阴的承诺。

耳边万种声音。我只听到了
自己的心跳。

一张白纸。小心翼翼铺展。
我写下：诗。

我需要了我需要的。
我还需要些什么？

你在做些什么？

你在做些什么？
我在：为稻粱谋。

我在：排列一些汉字的物理顺序。
我在：拢紧了精神的花香。

我在信赖古人：已行一千三，所有二千在。
我在信赖自己：无限接近于不惑的黑暗。

我在向一块石头致敬。
以及天空投下的飞鸟的阴影。

我在向爱学习。
我拒绝恨。

痛苦是成年人的仪式

痛苦是成年人的仪式
忧伤是少年的一颗心
成年后我茁壮成长
但有时我也会潜回岸边
用松柏的目光
长久地注视一棵柳树

献诗

我们常常告诉对方，自己很好。
这既是一种安慰，也是一种犹豫。
我们目送海潮退去
就像知道它将再次升起。

但我们还是暴露出了伤痛，病得不轻。
有一次我目睹全世界的病床
都容纳不下一片月光。
你的哭泣就像是最后一次。

所有的经书都只是一部。
所有的路程都要经历一次往返。

所有的泪水都是咸的。

此生我已打开过多少扇窗户？
然而我能看到的也仅仅是
窗户所框住的事物。

对五官的叮嘱

我亲爱的眼睛
你替我看见
但请不要迎着强光

我亲爱的鼻子
你替我出气
但请不要替我出血

我亲爱的嘴巴
你替我说话
但请不要为我辩解
（活着本来就是一道伤口）

我亲爱的眉毛
你替我分裂
但我拒绝
合二为一

我亲爱的耳朵
你替我立于危崖
左右生出翅膀

但请别飞
春天来了

带我去听花叫

郊外的小山冈

我的目光落在了郊外
一处正在成为取土场的小山冈
忽被触动
是哪一时段
我去过那里
还在上面坐了片刻
风吹动桉树
山冈发出
河流的声音
我的头发被风拂动
眼睛掠过水的凉意
我看见山冈上
几棵矮松
一些零落的砖块
像被上帝之手安排过
疏密躺在草丛里
登顶远眺
城市的黑白影像
在我的视线里飘动
世界仿佛一根晾衣绳
我看见我所熟悉的
一些人
弯曲了身子
逃离了樊笼
挣脱了大地
世界一阵空虚
我的内心只剩有
一些抽象的线条

很多很美的诗句
重现于记忆
月光千百年照上山冈
月光千百年洗白我的灵魂
穿过一条秘密的时间小径
我还是古代的那个
并未闻名的诗人

我的机场

我有幸与机场毗邻
上帝于是钦定我为牧飞机第一人
这是一件光荣而神圣的使命
从我就职那刻起
就未敢掉以轻心
这可是世界上最大最壮观的候鸟群了
身上披有不同世界的彩色羽毛
它们有族类无法比拟的胃
也有天堂都无法填充的虚空
我是怎样的一个牧人
我怎么才能把它们同时赶上天空
又怎么才能像雨点一样
把它们同时收集于大地
这是一个摆在牧人面前的
两个艰深的哲学命题
同时也是一个牧人
一生最美丽的课题
夕阳下我的心情宁静悲凉暗淡
黎明时我醒来内心盈满金黄的感动
我的手指向大海的入口
我的鸟儿翩然起飞绕滇池三匝
鸟儿翎翅闪亮

眼睛瞪得又大又圆
世上最有趣的事情莫过于插上了翅膀
世上最幸福的莫过于一次小小的飞行
我目送我的大玩具向东
我发出古人才有的一声长啸
灵魂不过弹丸之地
充其量不过是一方机场
我一出生就背负沉重
我卸载又再次将它们吞入
你无法估量我这个牧人的辛劳
就像你这凡人的肉眼看不见我
腰间缠绕瑰丽的彩云丝带
我搜集各地偏爱飞行的小人儿
他们也是那样五颜六色
我给他们的心上安放
嘀嗒作响的生命倒计时器
他们的旅程就必然显得惊心动魄
噫世上的人呀
如果你有毒美的质地
你就不该舍弃你的绝色
如果你热爱时钟无休止的摆动
你就该时刻上紧欲望的发条
我的机场里人声鼎沸过客匆匆
我隐藏于这些疲惫的穿梭之后
我的职业不是一个走在队伍前头的人
我于亿万飞行家之后
轻吻电磁波
又一架飞行器跃上蓝天
隐没于群山之巅

（选自《诗潮》2020 年第 2 期）

夜旅

/ 许天伦

鸽子

她们从不知名的地方飞来了
就在那尖顶之上
她们体内，还存有洁白的干净的光
走在它们下方的一群人
刚刚被一场突袭的大雨淋过
雨伞还没来得及收起
潮湿的气息，带来一种悲凉
哦，从不知名的地方飞来的鸽子
信仰正在日渐陷入荒芜
教堂里的钟声，仍然一遍又一遍地响起
我在人群中，望向那鸽子飞来的方向
她们像是一群圣洁的少女
此时，我的心就宛若星辰
在一双飞翔的翅膀上
我会为沉寂的天空而悸动

一生

请允许我写下一生的过往
不管是经历过的，还是正在经历的
我写下的词语，好似
发光的萤火虫
在夜空里满天飞舞
使暗淡的星辰，重新亮起眼睛
一生实在太快了，当一阵风
划过草丛，只有一只蟋蟀
在用鸣叫和孤寂做朋友

孤岛

从那一瞬起，我忽然发觉自己
原来并不是一座孤岛
还有人，想要走进我
你搭乘一片叶子，渡过我与外界
横亘的辽阔
这尘世的海
我长久以来的孤寂
在你的目光中，都尽数融化
这让我每根血管里
充满了柔和的潮汐声
从那一瞬间，你耐下心来
听懂我开口说的第一句话
天际深远，你试图
登上一块新大陆
而那丝绸般的柔光
则在天边，慢慢铺开

深度寂静

傍晚在河滩独坐，可以听见乌云
正在城市上空破裂，一些飞鸟
从林子深处飞出
它们抛下略显慌乱的鸣叫声
微凉的风中，这样的预示
不仅仅是因为一场暴风雨的降临
人们体内尚有的微光，随河面上的流水延伸
我和我的影子一同摊开，我会像一个容器
倘若大雨骤然落下
我也会在自身的湖泊里，制造涟漪

入冬之前

在入冬之前，我必须将骨头点燃
然后任其绽放，燃烧
我挺立的脊骨，也会如同火炬
释放出的光亮将撑破黑暗
撑破这联通过去与将来的必经
即便此刻，我躺在它的怀里睡着了
对于现实带来的荒寒，以及恐惧
被时间裹上了硬壳，蜗牛般
在叶片上孤独地蠕动
同时孤独的
还有那颗在梦中旋转的小行星
我在那里栽种森林、海水，抑或爱
因为爱，我还在试图站起，试图以烈火舞蹈
轮椅上的尘世，我的苦不算深
深的是我无法向你表达这样的爱
而今荒草，已然盖过了你的半生

远方

下班后他回到出租房里，一头倒在
还没来得及收拾的床上
白天奔劳留下的疲倦，使他
像虚弱下去的火苗
正逐渐适应周围的黑，进而去
与之融合，毕竟黑暗
也能成为另一种存在方式
它可以是稿纸上未完成的诗，也可以
是窗外路灯下，那个没人要的
啤酒瓶，割舍了半醒半醉的欲念
当虚伪的面具，一旦在这个午夜被尽数摘下
空气中，就悬浮着一股神秘的力量
慢慢地，他闭上眼睛
整间屋子里，众多事物在互相发生
某些细微的变化
其中那盆窗台上的夜来香
它开花的样子，远方也正在归来

世间相

我爱这些过于柔软的事物。在人民公园
夕阳渐沉，把影子一点一点
归还给大地。人们聚在一起，他们当中
一些在谈天论地，一些在下棋，还有一些
在柔光里做着晚练，太极扇在半空划出平缓的弧度
晃动的枝条间，会有光粒洒落
响彻于清晨的鸟鸣，此刻仍未消失在黄昏
有时我多想，学会鸟儿的语言，可以和云彩对话
在天空这部辞海里，找不到任何有违自由的反义词
而我往往又一再地探寻、追问，生活恍然若梦

它的下一秒永远都是毫无意义的未知
就像现在我累了，坐在这里，打弯的腿骨仍是疲累的问号
偶尔路过的人，也不时会朝我瞥上一眼
这样多么好。一些人在谈天论地，一些人在下棋
还有一些，在柔光里做着晚练。而我仅仅是看着他们
像出世的佛，看着这世间的众生之相
再也不问为什么，我仅仅像爱着蒲团和木鱼
爱着这些过于柔软的事物

夜旅

已至深夜，列车还在飞速奔驶
清冷的月光，伫立于目力所及的山上
宛若一块巨大且年代久远的墓碑
从列车车轮，与铁轨摩擦发出的铿锵声中
卧铺车厢内的乘客们，都尽数睡去
旅途造成的所有不安与躁动，划出细微的弧度后
在那些湖泊般宁静的鼾声中落定
而只有我，这个唯一醒着的人
当几粒星辰透过窗玻璃，落进注满水的杯中
我明亮的思绪，都在整个黑夜间
沉沉浮浮

北方来信

我读着你寄来的信笺时
几只麻雀，从树梢上纷纷飞起
扑打翅膀的声响
天空在竭力掩饰失神般的战栗
你在信中提到你所在的平原
下起了漫天飞舞的雪
我不由得想到一些枯草

此刻正匍匐在那片雪地之下
安静地，仿佛我长眠于此的亲人们
这么多年，属于他们的春日从未来过
“遗忘”这个字眼，在他们身上演变成了一种姿态
然而时间还在流泻
你用一沓信纸告诉了我这些
读完信后，我摇着轮椅来到窗边
房间里藏着盛大的寂静
而在这座南方城市，还存在着太多
不顾一切的喧嚣

启示录

卫生间里，他一直盯着一面镜子
其中的自己面若磐石
水龙头发出的流水声，使他
周身长满了青苔
昏暗的灯光下
有风拂过他瞪大的瞳孔
而一些闪耀的句子，在每根血管里奔涌
对于一个终身残疾的人来说
轮椅可能跟星星一样
从来都是月亮的追问者
你看，现在他盯视着自己
仿佛能从那丝阴影中
折射出，一道比宇宙还要深远的光

光的空隙处

傍晚，小女孩从我跟前跑过的时候
我并没有太在意
只是下意识地抬头望了一眼

直到她突然停住，手中举着一根
刚从小贩那里买的荧光棒
在这天色渐暗的广场上
影影绰绰的光，属于萤火虫的人世
也因此变得愈发明亮了
但是，那样的光并不能照亮另一个人的一生
相对于那个年幼的孩子
我只活在光的空隙处

是的，当她从我跟前跑过的时候
我的肢体
又暗自痉挛了一下

（选自《扬子江诗刊》2019 年第 6 期）

羊图腾

/ 羌人六

安慰之诗

我的村庄还在，庄稼还有人种
玉米、菜籽、花生、麦子、
土豆、红薯、豇豆、空心菜
世界越来越旧，锄头、犁、镰刀、
扁担、背篓、耕地的牛，这些
熟悉的身影，没有被荒废
没有作为象征或纪念，置身于
静态的民俗展览。

河水照样淌过四季，果树照样捧出甘甜
三爷屋后那棵老态龙钟的皂荚照样枝繁叶茂
遍山梅林照样遵照时序开花结果

我的村庄还在，
这里有我仍在操劳的亲人。
穿过一张纸，我紧挨着
他们的喜怒哀乐、生老病死

时光送走了一批，又带来了一批，
相对的平衡而不是透支，捍卫着
一个村庄的生机与存活率

而我，身在远方，必须
摸着炙热的胸口深深感谢
感谢我的村庄还在，谢她
至今保留着等我归来的空白

站在大雪里的村庄

站在大雪里的村庄一片白
我曾领略的景色此时也一片白
但它们比不上这一刻销魂
熟悉和不熟悉的事物，穿着
同样的制服
连成一片，造成
一声惊呼
无限延伸的轮廓

天地间，
麻雀飞翔着，辽阔飞翔着
村庄一片白，生活一片白
不想说话，它们，一片白

我吱吱呀呀充满细节的步伐，一片白
影子和围绕我飞沙走石的影子悉数消失
一小块的我燃烧着
拒绝再往命里添加任何杂质

羊图腾

这世上，许多痛苦
无法用诗歌的语言描述
岁月不停生长，劳碌
使我丰富，却来不及
装一扇挡风玻璃
在肉身的边缘

生活五颜六色，充满
这样那样的无常、变数
一些事物会慢慢缩小，直至轻如鸿毛
一些记忆会慢慢生根，直到枝繁叶茂

啊，或许，传说中的羊图腾
是真的存在：当我开始怀疑
这荒凉的土地，有一块
独自醒来的草皮，正在悄悄吐绿

应尽之事

在这角落里，我默默履行着
一个儿子，应尽之事：
给你倒酒。敬烟。掏出火机点燃
香蜡纸钱。磕头。用家常语气
祝那边的你诸事顺利。

亲自掌舵以后，我开始理解父亲。
是的，多年以后，爸啊
我也成了一个孩子的爸，成了你
为一个家，顶着人间的紫外线
奔波，任劳任怨，奉献

力所能及的光热，不在乎身体
却总是担心家里钱不够花，生活
不够体面，被亲戚朋友看扁

爸，你从前就是这样的，
如今我也是。我们用行动表达
对养育、亲情和家庭的迷恋
我们乐此不疲地过着
似曾相识的生活

晚年

老了，我愿回出生地，
满怀感激，与遍山梅林相伴相依

那时，桅杆村，肯定还住着几件
父母亲一辈子没有忙完的事，以及
他们一辈子没有操完的心，未曾
袒露的秘密。

那时，炊烟依然早起，然后
爬上瓦片集结的房顶，一去不返
牛的眼神里，能望见沧海桑田
夜里抖动的星空，依然有着
惊人的美丽，没有太大的野心
与大地，隔着一首诗的距离——

那时，一支古老的歌会显出原形
带着它的光和影，陪我抵达灰烬。

桅杆村

一个人有一个人的村庄
作为桅杆村的子民，偶尔
我会变得跟自己毫无瓜葛
似乎拥有幻形的魔力
蛰伏在桅杆村的角角落落
有时，我是地里的一茬庄稼，
家门前那条河，或者一棵树
有时我张开双臂，看见
一副亮闪闪的翅膀
有时，我嘴里含着一窝鸟叫，
一块月光，一粒麦子，
外婆腰椎上的疼，一把锯子
忽然断裂的空响
——我秘密观察着村庄
全部的感情和思想，也热衷
这徒劳无功的替换，早晚
我会衰老，长出皱纹和鳞
脱掉人形，与它们连成一片：
在桅杆村的土里面。

深渊之书

西山公园这些迎面飞来的山
不是真的，叫假山
水是死的，叫池塘
池塘有鱼，叫金鱼
在我看来，不能吃的鱼都是木鱼

一位诗人命名的玉女泉
天然石缝可能是真的，中间

哗啦啦喷水的泉眼，是假的
继续前进，就会遇见子云亭
瞧它现代的身影，估计
也只是顶着个芳名

我又动态地刺穿薄雾
遇见一座气势威严的衣冠墓
啊，衣冠墓肯定不是真的，只掏出
死气沉沉的伤别离：
地位和权力，以及死后
相匹配的占地面积

穿过连续不断的谎言，走出公园
紧接着，我把自己推向更大的深渊

用尽毕生所爱

梅花盛开，树下
出门谋生的村里人，
专程来桅杆村赏梅的外地人，
有一百岁的悬殊，
亦有许多相似之处：
风、乡愁、闪电、岁月。
我不惊讶梅花和土地
互相加持的默契
我惊讶的是
我所走过的路，以及
这些在山野闪光的
绚烂、清香和白——
仿佛用尽毕生所爱。

（选自《星星》2019 年第 8 期、《诗刊》2019 年第 11 期）

失败仍是轴心

/ 仲诗文

哪有什么新意思

没打算让笔下的杉树笔直、马桑低矮
历来的糊涂账，也不差我这一笔
挑灯翻破书，今天一个意思，明天一个意思
无非也就是老教鞭、投名状、万古愁
死心吧！哪能玩出新花样，哪有什么新意思

堂前杏，河边柳，花斑鸠
去年已经亡了。今年怒放的杏花是什么意思
河面上的柳絮是什么意思？
那一群花斑鸠在田野上低着头。咕咕，咕咕
难道是闷坏了的硬骨头，昨夜从泥里翻身而起？

失败仍是轴心

外面到处都是拿着刀子争取胜利的人
我不需要这样的胜利
我争取失败

我宁愿带着真知灼见
去安慰失去房屋、尚在悲泣的母亲
去田里，和农夫们聊一聊

秘密

没有地方去忏悔，那就去种地吧，从挖地开始
一锄一锄地深挖，别人向你打招呼，你不能应承
你要全心全意，用力挖下去

挖地还不行。那就在土里撒上种子吧
用细土掩盖，浇水。别人找你闲聊，你不能离开
你要全心全意地守护

看它生长，等它成熟，保护它不受践踏与侵害
再采收好。把果实送给遇见的人，把剩下的装回家
然后，把这一切告诉下一个需要的人

奏鸣曲

还有什么比脚下轰鸣的人间
更值得赞美

年轻甲虫的拒绝友好的拥抱
光辉的粮食在未成熟之前反对着叶子变甜

我们在餐桌上跪着
瞥看灰尘缝制的身体漏出细雨与光

年轻人，把草驴一样的胃，交给房间里
抱怨的妈妈。转身就加入了盛大的合唱

奔跑

是春天，把漫山遍野的野花开成了亮晶晶的星星
是春天，催促着树木尽快长出迎接王的眼神

勤劳的人，把河水运到山上，请你们继续勤劳下去
善良的人，把赶路人请到家中，请你们继续善良下去

昧着良心数钱的人，请你们不要在春天发出响声
是春天，让好人更好，让坏人看起来也像个好人

是春天，赦免了花丛中的我，让所有的星星之吻都是你之吻
是春天，在散布好消息，让所有的新生都像圣者的诞生

春深

小草没有变甜之前，她的味觉死掉了
夜里，小草发出嘤嘤嗡嗡的声音
她的听觉死掉了。春天通过湿润正在赶来
她的脚趾死掉了。死正在迈向她的嘴巴与眼睛

她的驼背、小脚没有反对春天，也没有反对死亡来临
当窗子外的梨花全部绽放，她的羞耻死掉了
古老的杏树挂满一串串小杏果，她的胃死掉了

她的眼睛还有一丝光，我把这光等同于田野上面的光
奶奶的心脏在慢慢变冷，她的手在慢慢松开
这死亡带着温暖和良善，我们都诚挚地接受

确认

春天设色偏重，替换了
田野里的污浊秽气
流水是去年的，缓缓淌过新田
流水不需要沉湎与警觉
我们已知的身份
被春风反复确认
麦子是新麦，墙壁是旧墙
一只春鸟在衰老里耗着
房子里，奄奄一息的
是我们老土的爱情
太阳出来了，你变得更加明晰
你还是那么深情地打量着我

爱情

桐花开了三朵
我们的身体又老了一些
寂静就是光线
盖过楼角里的阴影
我已不会花费时日去描绘
越来越清晰的安宁
天气干燥，四壁空空
她坐着，嚼着几粒
年前剩下的蚕豆
我看一眼，她就慌了
她一慌。就把什么都回答了
对不起，这就是我们的爱情
我们的爱情缓慢一些
不急于呈现，也没有抒情
书中也找不出这些细节

我们散着步，吃着饭
无聊时，发会儿愁

春天来了

春天一到，很多事情都是露骨的
花儿与天空离得远
青草与墓碑离得近
蜜蜂携带着春天的蜜
不肯离开。田野尽是新生的气息

花是好花儿，玩耍的孩子是好孩子
荣耀仇恨与诸般痛，都不存在了
连春风都是安静的样子
越是这样，很多事情我越是拿不定
死亡真的就没有在这里发生过？

醒来

两只斑鸠
在树头上，小声说话
清晨有薄雾
房间里有柴火、黍米和蒜头

天空打开
小黄花带着香气
在路边醒来
万物怀着窸窣的声音
含着永恒的意味
平静地
等着我的加入

是的，我就要醒了
对此，我总是怀着
深深的感激之情

猜火车

我是一只碗，笨重的楼梯
一支芦笛，怀着谜一样的音色
我是早上，也是夜晚
我是一只木瓜，少女的脸庞
我是开成的花儿，一个早熟的色鬼
我是一头怀孕的大象
我在左边，糟糕在右边
我是粮食中的金子，早晨的喜悦
我是森林里一截木头，一枚红果子
跑过来哀求我
我是牢房，一枚血红的舌头
我是田野上的草包
我是光阴中的活死人
阳光笑嘻嘻地跑过来请安
我是一列火车，是圆滚滚的肚子
我扛着一麻袋土豆，边走边吃
我刚从公交车上下来
我是工具，我是偏狭真理的问号
我是一堆空酒瓶子。我的麻袋又烂又破
我的土豆半生半熟
我的小火车
去了天上溜达

（选自《花城·2019粤港澳大湾区文学特刊》、《诗歌月刊》2019年第3期）

螺旋纹

/ 孟醒石

充盈

雨后，走在上庄镇的夜色中
风吹过我，身体感受到
瓷器出土之前的沁凉

年少时，见到空空的梅瓶
总有一种往里面灌入烈酒的冲动
而今，见到空，就空着吧

时间已经不多了，可我还是愿意等
等梅花盛开，等大雪压下来
我们在雪中散步，不折一枝

两个相爱的人，两种空，碰到一起
都会全力避免对方破碎
等黄土压下来，灌入心腹中
我们毫不相干，又彼此充盈

孤独

阿多尼斯的孤独是一座花园
“但其中只有一棵树”
我的孤独是一座三甲医院
每天有上千人在排队
中间夹杂着我和不识字的母亲
我们俩沉默不语，很少交流
她裹得严严实实，像一包中草药
我头发凌乱，青筋暴露
像一支抗生素

早春

早春，午后的风呈流线型
傍晚又变成锯齿状
吹过我时，锯末飞溅
我怀疑自己是一棵树
藏着四十圈年轮
——一个巨大的漩涡

早春，白天的太阳呈放射状
落山时又呈锯齿型
圆形的合金锯片，切过我的头顶
发出凄厉的响声，立即报废了
我怀疑自己脑袋里
藏着一枚铁钉。生铁遇到合金钢
狭路相逢勇者胜

螺旋纹

装修工人说：“这里安静得可怕

电钻的噪音，被充分放大”
是啊。我从省城丽馨园
搬到横山村，离闹市区越来越远
离太行山脉越来越近
内心的蚁群突变为满天的星辰
曾经让我烦恼和羞耻的事物
竟然焕发出璀璨的光芒
我们装修新房
不过是在异乡，再造一个故乡
除了深深的寂静
将狭小的我们，放大到正常尺寸
没有悦耳的音乐抚慰疲惫的灵魂
风声、雨声、雷声
孩子的哭声、女人的抱怨声、老人的责骂声
全部都是噪音
寂静与噪音，故乡与异乡
成长与衰老，爱与恨
所有对立的事物
都在这里统一为钻头的螺旋纹
深入时间的黑暗中三寸

道场

为了有一个专心写作的地方
我对一套闲置很久的房子进行装修
不断加码，直到负债累累
不断妥协，直到心力交瘁
在物化的过程中
渐渐对这套房子生出感情
竣工后，立刻搬了进去
独自一人，坐拥大书房
全套明式红木家具

却再也写不出像样的东西
文艺创作需要对自己敲骨吸髓
经常搞得遍地狼藉，面目全非
而今，我不愿深思
更愿消耗体力，拿着墩布一遍遍擦地
直到汗流浃背
身体的释放，并未减轻负罪感
反而加重了洁癖
整理房间，不过是在维护一种秩序
而秩序有时是艺术的天敌
原本想建一座道场，结果却成了监狱
正当我百般纠结，心情抑郁时
从书柜下面扫出儿子丢失的玩具
我玩了一会儿，长出了一口气

灌溉

洗澡、洗菜、洗碗、洗衣服、洗地板
眼瞅着，那么多的水
变成脏水，流入下水道
唯余一声叹息
在省城
水，不过是一种用过即丢的工具

而在我的故乡冀中平原
水，生来就有一种使命叫灌溉
干干净净的水，从深井中抽出来
又沿着垄沟，干干净净地流进农田
慢慢渗入土壤和根须
长出嫩芽、新叶、露珠与银河系

（选自《诗刊》2020年1月上半月刊）

一切终将过去

/ 罗杞而

追故乡

弥留之际，故乡仅靠一缕炊烟续命
继之而来的泥石流
埋葬了它。后来，每当怀念故乡时
我就去追炊烟
有一年，我追到中缅边界。秋后草垛下
刚好升起一阵柔软炊烟
——对，是这种烟，绝对没错
见四下无人，我冲这缕游魂
喊出“故乡”两字
喊声传到附近曼蚌寨子时
夕阳西下，一童子正赶着一群牛归来
似乎还少了点什么
如果可以
我想去缅寺替故乡超度

死亡与新生

躺在白色床单下的人，生前风光无限

作为这座城市的首富
就连平时打个喷嚏，大地都要抖一抖
如今，我们在他面前，喝酒、斗地主……
其间，不知谁放了个响屁
有人忍不住大笑
下半夜，来的人走光了
剩下他的几个至亲，心里打着算盘
灵堂，静得可怕

我毫无睡意，又去看一临产朋友
她正在床上嗷嗷叫
后来，医生把我赶出来，关上门
我知道，有一扇门
即将从她身体的某个部分打开
天快亮时，里面传来一声清亮的啼哭
我知道，又一个人来到了人间

去处

一个人穿过敦煌的时候
把风撕开了
站在一个叫鸣沙山的沙漠深处
见黄昏，如见自己
见比黄昏更黄的胡杨林
如见久别的故人
举起壶中酒，一饮而尽

一切终将过去

船翻了，我就是那个
在茫茫海面上抓住浮木
漂流到孤岛上的人

我首先想到的是如何活下去
于是，我尝试摩擦起火
尝试采野果充饥
尝试捕鱼，尝试搭建窝棚
终于，我成功了
得以继续存活下去
我盼望有一天，有一艘船经过
将我带离孤岛

我为什么抽刀断水

睡梦里我是追梦人，也是刀客
常藏刀于身，过了糯扎渡大坝
澜沧江安静了许多
前浪死在沙滩上，后浪又走远
胸口一阵紧似一阵，块垒已经无法融化
四下无人，我突然抽刀断水
江水一阵紧似一阵，在刀口上跳舞
它远去的样子，让我想起
不久前一个理想主义诗人
死于逼仄的出租屋
他没有错，理想没有错，现实也没有错
他只是输给了命
他连身后事都来不及交代
就成了无碑荒冢
只有我知道，他想随水而去
——他只想赢一次

我不断重复——抽刀，断水，这个动作

尽管江水怎么砍，都砍不断
尽管胸口有痛，早已喊不出

尽管越砍，水越消失在尽头
尽管这个尽头，证明我渺小
尽管我有脚，可抵达入海口
亲眼看见，九九八十一难后
澜沧江（湄公河）功德圆满
尽管这个尽头
足以证明我走过万里路

这些年

这些年，一些事物替我说话
但不包括人
作为我在场、离场和缺席的证据

这些年，客车到站比以前提前许多
每次等站台上人走光了
会过来一个清洁工……
我知道，该来的人终究没有来

这些年，经常一个人跑到澜沧江边舀水
每次，当水从手心漏完后
我觉得，江边石头的沉默多少与我有关

这些年，天上云朵一直在飘，多悠闲啊
似在三界之外。我也想像它一样
有一回，我追到中缅边界
它在天上泪流满面，我在地上衣裳尽湿

这些年，已经够孤独的了，孤独到
只能和孤独张灯结彩
哦，除了人海和无尽的等待
见得最多的，就是南流的澜沧江

读史

翻到下一页，有人在刀锋上翩翩起舞
又一页，置之死地而后生
又一页，有人采菊东篱下

多么悲壮的英雄啊
多么悠然的隐者啊
这一刻，都安静地躺在泛黄的纸张里

忽一日，与一群狐朋狗友闲聊
某狗友给逝者扣上
死无对证、厌世之类的帽子
我讶然，细看其眼，绿豆一样，欲盖弥彰
与隔壁那个会用眼睛
解女人纽扣的老头如出一辙

之后，我便与该狗友绝交
从此，老死不相往来

由陪床看到想到的

夜已深。那么多病人，挤在一起
病房挤满后，又把过道挤满了
各种黏稠难闻的气味，挤在一起
撕扯，扭曲，变形，没完没了
就连空气，也喘不过气来
很难想象，之前在商城、人海、酒桌
以及其他各种社交场合
衣着光鲜而又谈笑风生的他们
如今，竟横七竖八地躺着

或呻吟，或大小便失禁
或裸露下体和乳房，让仪器摸来倒去
或从缠满绷带的缝隙里
露出呆滞、空洞的眼神
他们曾经的风光和体面哪里去了
既然丑态百出又这般痛苦
他们为何还要留恋人世
我想来想去，突然想到
欲望、名利、情爱、家庭这些字眼
我内心不止一次回旋着
"赤条条地来，赤条条地去"这句话
某一瞬间，仿佛又看到
那位遁入山中某寺三十年的老僧
即使得了不治之症
每天还像原来一样，干净整洁
一样在蒲团上打坐
他圆寂时，还保持着一贯姿势
看不出一丝丝痛苦
看上去跟睡着了似的，很美

减法

十七年后在人海遇见你
我看了看天空飘下落叶
有那么一片，像你像我，就是不像曾经的你
想喊你，却不知说什么
终究没喊出口
有一种声音，自你脸上传来
——谁也对抗不了岁月
再看人海，早不见你身影

人海淹没的，又何止是你

我喊不出的，又何止是你

回故地

野草疯长。见遗址，如见村庄，如见坟

就连山神庙，也没了
神若不死，肯定去找老朋友了
——当年村庄被泥石流卷走
提前撤离的村人
又在十里之外，重建了一个
神，也怕孤独
神，也需要人来供养

又去见小河——在这荒无人烟的地方
流淌了这么多年
似乎又苍老了许多

风在吹，唯有芦花白茫茫
见我这个故人归来，一个劲地晃啊晃
一个风雨之身
就这样淹没在白茫茫中

（选自《边疆文学》2019 年第 9 期）

冬日渐进的北方

/ 郑茂明

冬日

母亲的富有在于
老宅的屋顶还有炊烟
白发上浮出秋霜
听树上雀儿叫，撒一点粮食
桃树在梦中开出繁花
大地上再也不见饥饿的事物
母亲侧着身子，坐在窗边
安静，慈祥，像在等待一位信使
光填满她脸上的沟壑
带着冬日微微的暖意
那一刻，她什么也没说
正午的阳光斜过来
照出屋间飞舞的尘埃
永恒的灰烬在空气中浮荡
时而灰暗，时而闪亮

新苑南路

有一点灰云，低低压着
轻晃的白杨树
油脂正在凝结
火炬树向天空举起火把
直到路灯亮起来
那火把才熄灭在夜色中
北方那么大，我只有一条马路
可供远望
马路是一条大河，日夜喧响
行道树为我撑起绿色长廊
晚秋时节，叶片飞旋
像一块块夜色在滑落
为我铺出另一条路
夜幕笼着我，走在上面
有树木枯亡沙沙的回声
我还可以听见自己的心跳
身体里传来河水流动的声音

我见过的火山

喷发的火山
寂灭的火山
不知是死是活的火山
蓄势待发的火山
像世间无数的人类
活着的人
死了的人
行将就木的人
装满炸药还未点燃自己的人
他们都有一座火山

压抑，焦虑，心悸，无奈
充满着泡沫
我见过其中一座
它熄灭了自己
捧出蔚蓝的雪水
在山顶上跪了下来
像大地举起的一滴泪

我的北方

一座古老小城
刚好安顿一粒尘埃
拥挤的生活。
从远方到远方
一条铁路灰暗：
我拥有的第三条河流。
多年以来，我像一列火车
在尘霾中穿梭
万物有命，各得其所。
我的北方，小城披着霞光
拥堵的人群
有着缓慢的美。
我的北方，教堂与铁路
相互遗忘。
我曾为一片云驻足
十字架的尖顶上
它停顿了一下，沿着河流
去了别的地方。

夜幕升上天空

夜幕升上天空，这渐进式的

如同不可见的衰变和倦怠
哦，他的老父亲从田里回来了
——那是以前
此时，声音正成为另一种秩序
像夏天的海浪舔舐耳膜
一只无形的手将命定的一切推向未知
时间的环形跑道里，黑夜被重新定义
漩涡，奔跑的光，隐身的鸟……
城市轻微的呼吸
我亲切的老朋友，从远方回来
我们微笑着拥抱，遥望彼此的峡谷、雪山
清澈的流水
我们走进田野的薄雾中
夜幕上升，星辰隐没
黎明：黑鸟沉默的喉咙，光的泪眼

（选自《星星》2019 年 11 月上旬刊）

蟋蟀在歌唱

/ 江离

蟋蟀在歌唱

当最后几片薄暮褪尽
蟋蟀开始了歌唱
先是在我童年的瓦片下，带着
早晨恒久清亮的音色
然后，是在废弃的冷轧钢厂歌唱
蛛网将它的声音
凝结在历史亦真亦幻的露珠中
它在高架下歌唱，上面
厌倦了应酬而急着回家的尾灯
画出了红色的弧线
它在我们时代致良知的困扰中歌唱
也在没有任何保险的穷人屋檐下歌唱
安抚着夜半婴儿求奶的哭声
它在墓地歌唱
在来不及清扫的战场上歌唱
那里，相互搏命的敌人拥抱着倒在一起
城镇的灯火，像悬浮的岛屿

远处，风中浮动的蛙鸣和秋虫声
交织起另一片灯火，托管了听觉的迷宫
在夜的穹顶下，它们唱着
一棵棵树像一众塔林
庄严、肃穆，静立于交错相生的梵音中

年轻的造物者

——给知非

草坪的阴影上
你奔跑着
自由得宛如豌豆荚耳旁的风
你搬来小石头、砖块
一个年幼的造物者
再加上枯枝、草茎和沙
看，一座圆形的围墙
然后，里面，一个小房子
你完成了

在未来，也许你能建造
夏日蝉鸣中的寂静
流逝的天光。失败、重整
龙象的遗迹，抓住它们
忘记它们。这样
你的呢喃是一种抚慰
你眼睛的注视使浑浊的池塘
变得清澈，你的耳朵可以倾听
一个完美的深渊

在你身边，永远有一座
空空的谷仓
而你是一切遗忘的采集者

你是还没有生成的语言的看护人
你的磨盘日日夜夜永不停息
你将给这些废弃的枯枝、蝉鸣、痛哭
一种新的秩序
让它们转动，直到它们如星辰般
成为统一体，一个新的星系

对毕达哥拉斯的献辞

因为无限的少数人都曾追随，
晦明不定的星空的指引，
如同毕达哥拉斯，在他的窗口仰望。
一个无边黑暗中的孤寂旅人，这以后
所有世界的阅读者、巫师、智者、炼金术士，
各自穿过了丛林、黄昏的金色海岸，
历经地狱之苦——
不是为了在一头饥饿的狮子身上
复苏它统治土地的雄心，不是在沙漠之上
建立黄金的国度，
只为在星辰的沙盘上推演，
（在理智认知和未知神明的庇佑下）
我们自身和世界之中，那不可见的统一性。

大鹿岛游记

（给同行诸友）

初到大鹿岛，刚好八月，暑气吞吐着白象
再来已是初冬，风雨交织出珠帘

奇鱼伺机欲动，海龟翘首以顾
为石赋形，洪世清穷三十年之功力

书画室内，有熊猫图数幅
或卧石，或抱竹，恍然中像要夺框而出

庙宇在山林间，风浪溅到了焦岩上面
一行人燕行，雨伞碰落了木麻黄和桉树的水滴

举目远眺，东海已藏于无形
设纸呈墨，唐晓渡落笔“穷尽至妙”

观赵孟頫《鹊华秋色图》

一

青色的鹊山敦厚，如象背缓行在东林
华山笔尖般兀立，似是问难于西天
四野水泽流动，平远以至苍茫
沙洲曲折无尽，点缀着荣枯的万木

二

南宋亡后第十九年，赵孟頫画下这幅
《鹊华秋色图》，那时他从元朝辞官归隐
世道有如华山的险峻
他已能在笔墨间铺排郁积的风雷

三

几间茅舍散落，隐现于高杨树间
坡上，五只山羊正在闲散中吃草
不远处，一人拄杖而行，浑然不觉
赭黄的屋宇和红绿相间的树叶中降落的秋声

四

他深知事敌的非议，不会绝于坊间
在不齿中，他曾长久品味进退的艰难
当他用丹青把济南的风光描绘给
思乡的友人，也许是在告慰难以辩解的自身

五

看吧，丛生的芦荻已被风压弯
劲松仍然挺拔，一切都承着自然
近处，三只小舟停立，渔夫正在起网
秋水明净，而乡野淡雅，正可以托付终生的远愁

（选自《雨花》2020 年第 1 期）

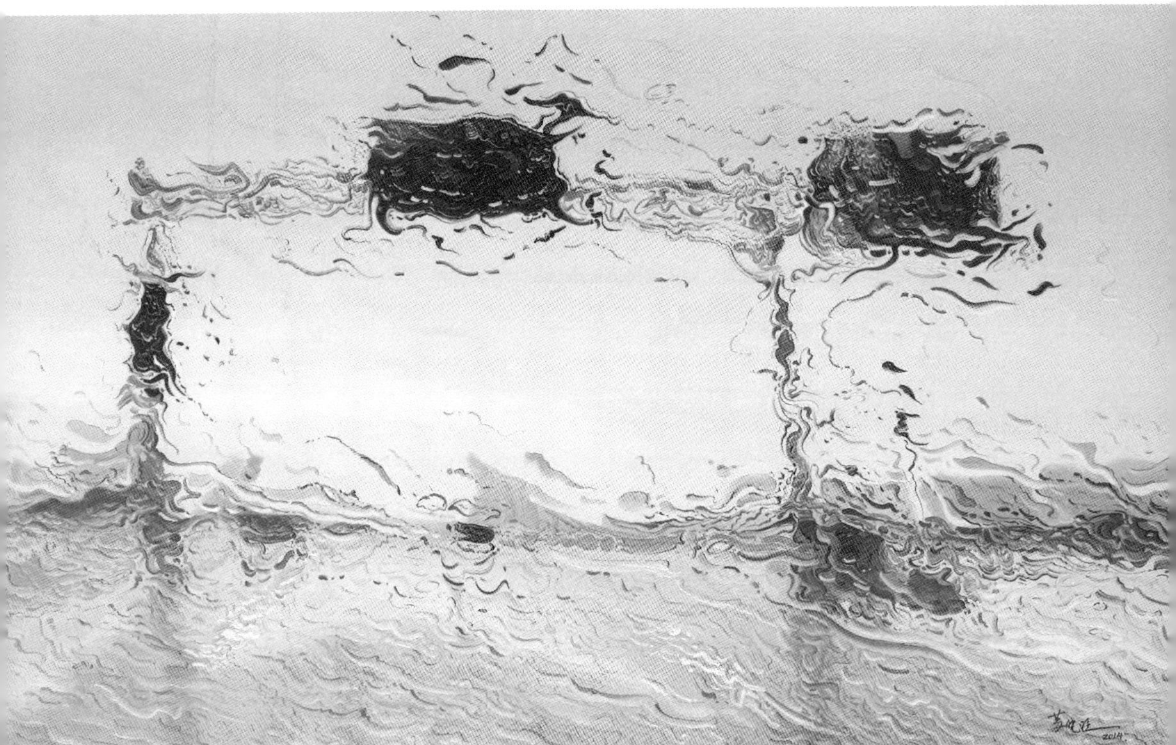

《内 . 外一朝》

苏晓旺

120cm × 70cm

布面油画

2014 年

诗集诗选

《洞背夜宴》诗选

/ 孙文波

奢侈诗

没有比蓄意让我更厌倦的。突兀，
也不惊奇。穿过墓园的十来分钟时间，
我阅读了好几座碑铭：陈氏伉俪，
乔姓考妣，还有一位张姓慈母。他们代表了
来世。对于我不过是过眼烟云。
我的目的是到海边栈道闲走，那里的曲折有意思。
人性的亭阁指向风景。是冬天
晒太阳的好去处。水面万金闪烁，有绝对性。
自然对应匠心。可以成为下午分析的本体。
的确如此。我或者凭栏远眺，
或者低头凝视。胸中有再造的蓝图。我知道这是
我的自以为是。小人物，也要以我为主。思想中心。
攀登栈道的顶部时，我已在世界上
画了一个圆，向四周弧射而去。
犹如史蒂文斯的瓮。当然并不指向未来。
在这里，我其实关心的是下午四点半钟。按照想象，
我应该到达奥特莱斯的星巴克，

咖啡的温润中放松身体。我把这看作晚年的奢侈。
它是一种理想。贫穷中谈论奢侈是奢侈的。
我容许自己奢侈，把这看作我生活的形而上学。
正是它使我远离人群也能独乐；
我一路研究了一块礁石。几只囚池的海豚。
也在太阳落下水面时，琢磨了它的壮丽。

论蓝诗

蓝色无垠，深藏虚无。这样谈其实
普通，是平庸的想象左右神经。
虚无，不过是绝对。我想谈的却是相对。
在洞背，在今天，窗外的塔吊和白楼
衬托天空的蓝。它好像比蓝更蓝。必须抒情。
我的意思是，如果我能飞
我想要进入蓝的中心。只是蓝有中心吗？
作为问题有些玄学。让我只好认为，
包围，成为渴求。是意义在渲染。我无法进入。
蓝，不过是一种距离。远望才是实质。
好吧，一个上午，我端坐在窗前，望着天空，
我希望从蓝中望出哲学、美学和命运。
不是天空的命运是人的命运。当然，
它太深邃。我搞不懂。我能搞懂蓝的后面
隐匿着什么。科学说，是无垠宇宙。但我不科学。
对于我来说，今天，蓝是心情，是态度，
左右了我一小段时间的思想。今天，我思想蓝。
它很清澈，特别通透。它是无限的空。
真的很空！以至于我想在它的空里加点什么。
能加什么？加上一座桥还是一座山？
或许我应该在上面加一张脸。它从蓝中
浮现。它不说话已经在发声。有大威严。

论衡诗

昨晚想得太多；把夜想出一个漏洞，
直接的穿越，让你走上了语言的风暴眼，
被形容词划伤。思想变得血淋淋。
今早起来，对这种现象很是不解，搞什么搞？
只能说写诗已写出魔障，病得不轻。
现在你无论看见什么，脑袋马上跳出很多词，
有的要求比喻，有的要求定义。
选择犹如探险，总是有好多条路径摆在那里。
令你一会想到水路，一会
想到旱路；阳关道与独木桥，沙漠与沼泽。
走其中一条，另外的立马成为死路。绝对关隘。
能通往你要到达的地方吗？鬼才晓得。
烦人。完全与客观不符。本来世界是世界，有花草，
有一个村子让你待在其中，
几条山径让你徒步。但你总是在树丛中
看到语言的隐喻。在疯长的草丛中看到尊贵与卑微。
有时候你还在一段坡道上看到道德与哲学。
它们让你累得精神萎靡不振。其实你应该关注饮食；
喝菜汤还是吃肉糜。居有室而食无虑。
可你偏要从语言寻找自我确定。都干了什么？
你把一个上午变成思想泥淖。一些词犹如陷阱。
就像现在你抓起“疾病”，它呈现出贫困。
抓起“洞背”，它呈现出生命的金钱豹尾。

人物叙
——读史札记

……芒屐。木杖。斗笠。好一副
山者形象——在密林、陡崖、深壑乱窜。
只为了一首诗——自然，从自然来到纸上。

如果突逢急雨，退避到阔叶树下，
静睹烟雨缭绕。成就高人形象——这一切，
不免欺世——官场的波澜，其实还在内心汹涌
——如果深究，被枭首闹市
那一幕，才意味深长——身逢混乱，要保持
心静如玉，真是太难的事情——
从山水吟咏中出来，立马暗室密谋更高的权力。
人格分裂，的确让人难解。更何况
还有对治下民产的巧取豪夺。它们与伟大的关系
如何分解，怎能不算作难题？——
让我的眼前一片萧瑟。尤其是如今山水
已毁了几成更增加语言的高邈。如果要我来说，
孤独，才是困难的存在，一旦卷进
权力斗争，生命不值一提——所以啊，所以，
你并不是我学习的榜样。向你致敬也不必
——这个世界上，山水，终究还是人事。

答问叙

与我同行的人已经停步，有的
躺在词语中，有的干脆转向了金融。
只有我还在未知中，寻找未知。
其实我并不知道它是什么。一大群麒麟，
或者一只骆驼？我知道的只是必须走。
有时候，我觉得已经走到绝望中，
有时候，又觉得好像已经攀援理想的高峰。
不断的虚妄，不断地注入我的内心。
让我感觉累和虚荣。想一想则是，
只有虚荣才能带来前进的动力。
只有妄想，才会让我觉得能够攀上命运的巅峰。
如果有人要问，这样的人生，有何欢乐。
我的回答是，以苦为乐。我要说的是，

苦乐的转换，不过是一种认识，一种哲学。
这一点，犹如有的人，喜欢吃肉，
有的人，喜欢吃素。有的人，喜欢宅居，
有的人，喜欢路上奔波。一切，都是选择。
正确的选择，未必有正确结果。错误的
选择，用正确的心态承受。正是如此，
我觉得在路上，必须永远。必须长久。

想象的边界

大鹏半岛海湾口东南边的一座岛，
总是让我好奇。我曾经从大岭古山顶
俯瞰它，也站在溪涌沙滩眺望它。
直到今天我仍不知它是荒岛，还是有人居住。
没有看出来。它激发了我想象，
甚至想到如果我住在上面是怎样一种情况。
我觉得它应该是我的世外桃源。
我会在上面建一幢玻璃房子，可以观看风景。
栽很多果树和观赏植物；
譬如荔枝树、黄皮、朱槿、桃金娘和竹子。
养很多鸡、鸭、鹅、羊。一艘游艇是不可少的。
风平浪静时我会驾艇在海里转悠，
或者下网打鱼。但是，我知道这根本不可能。
纯粹属于我的痴心妄想。仔细回忆，这辈子我有过
不少痴心妄想，想上天，想当将军，想一夜暴富，
想找绝世美人。甚至还想过，自己是另一个人；
匈奴、柔然，或者蒙古后裔（有脸为证）。
很多时候，我这样安慰自己，想象是人的特权，
不运用它等于放弃特权。
我为什么要放弃？不能放弃。面对一座岛我
想象它是我的，就像面对一本伟大书籍，
我想过它是我写的。只是我从没有想象自己

拥有一个国家。对于我，它是想象的边界。

好动症带来的日记一则

……泽被天下的雨。阻断道路的雨。
一生中必须亲身经历的雨。车被迫
拐到高地的雨。我没有懊恼。反而很兴奋。
一条街道变成河流，半边山体，倾泻烂泥。
我坐在车里，望窗前水如瀑布，
下车观望，有车陷水中。一场自然的灾祸
有人世无奈。想象的马达又轰轰启动。
这雨、这水。回家路近在眼前变成天边。
今夜我要成飘零之人？暗合一生命运？
不好么？很好啊……好多异象如乌鸦振翅。
好多我在雨中走来走去。反自然，反成了见证。
汹涌中，看见混沌。狂暴中，目睹可怜。
可怜啊。有一刻我暗自揣测，天的意念是什么？
它一动，世界为之而动。瓢泼之动。倾柱之动。
直到夜色来临。等待的游戏不想再做，
我决定，拐向另外的归途。条条小道通洞背。
我依山走曲折老路，穿墓园。回家之时。
停电的村庄，楼如怪物矗立。仍然亲切。

立冬叙

——快来，在人生的暮年，染黑
如霜的头发；视觉中的青春摇晃着，
在冬天的寒冷中，昂扬着头颅。
快来，欲望必须燃烧得像失控的马达，
发出爆炸的轰鸣，击打空气。
快来，你感受到了的，必定是我的骄傲，
挺直的身躯，犹如粗而茁壮的杉树，

带来惊讶的目光。也在风雨中，不被动摇。
快来，到广阔中。什么样的广阔？
可能是人性的极顶，也可能什么都不是。
只是广阔本身。快来，你会听到一首颂歌，
有诗经的韵律。有雅歌的魅力。
在这里，左右你的聆听。快来，不安之书，
绝对之书，翻开了新一页。肉体的神圣，
才是真正的神圣。快来。就在深圳，
在洞背村，我的眼睛仿佛看到长足鸟飞奔。
快来，就像初升的月亮，就像长庚星。
用照耀告诉世界，这是我们的清平山河。
我们永恒的归宿。快来。带来大雪。

（选自孙文波诗集《洞背夜宴》，中国艺文出版社 2019 年第 1 版）

《在皇冠镇》诗选

/ 麦豆

雨夜

很多年后，你会在一首诗里
看见这个漆黑的夜晚
一个人，走在细雨迷蒙的途中

很多年后，我会怀念这个夜晚
但已与全身被雨水淋透无关
那将是灵魂苏醒的另一个瞬间……

很多年后，我会像今晚怀念
很多年前的另一个雨夜
一个雨夜到另一个雨夜，间隔多久？

这只是一个冒雨赶路的匆匆夜晚
众多印象清晰的梦境之一
此刻，我是人，还是雨中的一棵树？

在江宁出租屋

墙上经年的泥土
又固执地落回地面

像死去多年的主人回来了
正准备将他的房屋再次装修一新

七月的最后一个周日
我对着门前人来人往的马路发呆

坐在白天都需开灯写字的房间里
我又想到了衰老这个词

路边的樟树正缓缓生锈
它所笼罩的光阴正逐渐变暗

这个世界，甚至在看不见的另一个里
每个角落，似乎都有一个正在受困的灵魂

……这里没有时间
人们都在永恒中劳作

我的一生由夜晚构成

是黑暗，是睡前
钻进泥土的这段阅读时间
让我重返子宫，继续生长

想想早晨那两只喜鹊
在窗外的雪地上徘徊
刨雪，啄雪，肚子空空

也许是一对夫妇——
入冬之后的第二场雪
比第一场雪大了许多

两个小小的模糊的身影
在我的记忆中，沿着河岸向北走去
无尽的生活，我的一生由夜晚构成

喜鹊

没有神秘可言。
喜鹊将巢搭在仅剩的一棵杨树上。

它靠吃什么在天空飞来飞去？
它仍靠捕捉昆虫喂养一窝小喜鹊？

神秘的答案在一无所有的天空里盘旋
落下孤单黑色的影子

早餐、房子——
两根虚无的线紧紧拽着一只飞翔的喜鹊

停电的夜晚我们来到海边

熄灭所有的灯 熄灭整座城市
我们来到海边吹风
也许熄灭所有的灯盏都不够
海边的岩石早已知晓岁月消逝的秘密
我们享受这个突然黯淡的夜晚
就像多年前的我们又回来了
我们享受我们突然出现在海边的这个夜晚

只有海水在喧哗
身边的石头　遥远的星座
在黑暗中沉默如梦
干净的风吹在海面上　吹在我们脸上
不息的海浪紧紧将我们拥在怀里——
仿佛我们是两滴偶然溅到岸边的海水

高烧之夜

静静凝听钟表里的时间
发出的嘀嗒声
跟随它的脚步，踩好每一秒
就这样走着。今晚
或一生，就这样走着。
不紧不慢，不再为生活哭泣
不再想念故乡和妈妈。
神在黑暗中
轻抚，一个孩子
发烫的额头。

此刻

此刻，只有孤独的人
在写诗。只有孩子
在乞求一个陌生的读者。

窗外的清风和明月
无法给予他真正的生活。

最令我不安的是：
孤寂的生活总赐他灵感
让他生活得像一个幸福的人。

听一首歌

反复听一首歌，直到把他从人群中辨认出来。
干净端正的五官
与众不同的嗓音，和孤独。
刺人的未必很硬，可能是过于柔软
刺到了心。
反复听一首歌，直到那人，已不再年轻
不在人世。

良心

把纸箱放在灌木丛上
索性把自行车也放在灌木丛上

还好，灌木丛能够承受
还好，我们没有把石头堆在灌木丛上

水

我们从很深的地下
取出古人埋藏的水。

我们把身体里的水
分成血液和眼泪。

痛苦的水
我们随身携带。

木头人

一刀一刀
雕一个木头小人
痛苦来自四面八方。

这个木头小人
耳朵，眼睛，每根手指
都要经过刀锋。

腊月里的银杏果

落了一地的银杏
我们不吃，候鸟也不吃

神也没有办法
它只负责将银杏送到这个世上

小小的银杏
只有一个小小圆圆脑袋的银杏
坐在冬天的阳光中傻等

等一辆碰巧经过的汽车
将它们，全部压碎

（选自麦豆诗集《在皇冠镇》，长江文艺出版社2019年第1版）

《梦见香樟的自行车》诗选

/ 米丁

春天短咏

一

春天。放眼所及：唐朝银杏，宋朝柏树，
明清的松树朴树。即便和它们共享春天，
我难道也和它们一样，拥有时光重现的奈何之心？

二

春天。我亚麻色头发的女儿坐地铁
穿行在不眠都市的暗处。当我走在河岸，
晨风拂柳；女儿走进十七层办公楼，清洗水杯。

三

春天。给你的色彩分层次，画笔告诉我有多难。
我告诉飞来凑热闹的蜜蜂，蜜蜂嘤嘤回我：
五色令人目盲，驰骋田猎令人发狂。沉溺就是痴癫。

四

春天。充耳喁喁窃窃的芳菲私语。
清晨天降露水。我漫步河边，驰骋的心
无远弗届。大地之舌吐草木，逝去的人回来了。

五

春天。挣脱皲裂衣衫，囚禁的欲望得到释放。
遍野烂漫。多么沮丧，多么绝望！憧憬顿失之后，
还有什么值得期待，值得为之煎熬，为之耗尽光阴？

短句十章·必得从容

夜色收拢的翅膀藏着生的秘密，
这每一天的废墟呻吟着哀伤。
风是听见的，它没有传唱，
月是看见的，它没有照亮。
一只蟋蟀用秋后的声音
为大地听诊：不会很快，不会很慢，
每双丈量光阴的脚，总是不紧不慢。

鹰窠顶，和津渡雨来喝早茶

清晨，鹰窠顶巨石涂了一抹橘红色。
灰暗的滩涂之上，旭日升起，远海明亮。

铺开十五年前在湖南买的土家蜡染布，
摆出我的热水壶，津渡的茶盅。晨风寒爽，

洗涤披星戴月登山者的倦意。几百年前，

来此观日月的人再未现身。但今早他们来了，

从我阅读过的书里，和我一起赶早出门：
陈梁，吕留良，黄宗羲，以及未留名的僧人。

全在喝的偶然性

弄堂口，瓷模酒保一身蓝衣，
肩搭毛巾，右手执壶，
风雨无阻地站在路边，
寒暑不减它的微笑。

每天上班路过，和它照面，
有时我是屠狗樊哙，
有时是飘蓬的杜甫，
有时是私盐贩子，
有时，是武二郎。

响起随便哪个朝代的吆喝，
我就端起随便哪个朝代的酒盅，
喝随便哪个朝代酿的酒，
成随便哪个朝代的人。

酒后可以揽牛车，骑驴，鞭马，
不可以驾车，坐飞机，
世界予我的际遇，全在喝的偶然性。

乱辞三章

一

我小心翼翼避免成为被赞美的人。

庄稼卑微的阴影里，岁月虚胖，
人在消瘦。支棱的骨架经常沦为
自我厌恶的格式。多么悲哀！
就像远走他乡的爱情总在半夜潜回，
从骨头的接缝处反复冒出，困扰不幸者。

二

如果抒情，今晚的雨水
我会写梅子黄时雨，
会写一任阶前点滴到天明。
但抒情的心一点都没有，
诸事缠身，内心空落，
为赋新词去阿谀人到中年的逢迎，
让尘色暗淡的脸，去博镜子里的
粲然一笑，多可怜。

三

能在雨声里等待什么？
等过夏至秋分的消息，
等过伊人的叹息。
风停雨歇，世事乖张，
两手空空的人等来年轮碾轧——
成功者享受荣耀，机智者收获掌声，
脸上辙痕重重者，匿于烛影，
不断尝试，把莲花植入心底。

岁暮日，山寺饮茶

风倦歇，躲到山后，
绿叶辞远树，酝酿新的轮回。

我身手空空，无旧可辞。
进山，入寺。山僧不打诳语，
向奋疾的青年指点他眼里的江山。
其实，人何尝不是物理身高为海拔的
山，供奉着自己心里的佛，
及来来去去的烦恼，与困扰。

沪上来的女子求解签，
末了，谨慎地问签条怎么处理，
僧人合掌，挥挥手，化了吧。
她什么也没留下，什么也没带走。
她转身，转过辞旧迎新的门槛。

石痴

去了一趟山中的人
回来后痴迷集石。从此，
生活赐予的沧桑他全交给了
石头的皱纹、泐痕，心肺洞穿的窍穴。
混迹人群，我一眼就能认出
他状如岩壁的前额，
谁能料想，里面曾有过一座春天的花园，
玫瑰盛开，充斥被世俗赞美的渴念。

（选自米丁诗集《梦见香樟的自行车》，长江文艺出版社 2019 年第 1 版）

《鲸鱼破冰》诗选

/ 文珍

我定有缺点

我定有缺点
定是古怪的人
定不能为多数人所知
定不能全获相识者的谅解
一切毋庸置疑，当然

但仍当对自己真实。当终身勤勉
当感激那因一知半解而喜欢的
容忍那永远无法走近的
忘记渴望被理解与爱
不再对陌生人表白

远离诗歌。写小说
反过来也一样
继续爱人及所栖居的世
死后便跃入银河
当一颗称职的尘埃

合上双目坠入那清凉黑暗
一有机会，就到宇宙中去
但胸腔中的灼热不允许。
另一个灵魂住在我里面

一个良夜

“我没有朋友。”
从公交车站往回走的那一个小时他想
在这个空旷荒凉的春夜
他意识到生而为人的孤独
和路上偶然遇到的一只鸟没什么两样
它有时也和同伴一起站着
叽叽喳喳
但更多时候各飞各的
各自找食
各自寻欢
各自遇险

开端与终结

1

一切肇始于异乡冰凉的雨夜。
为着想了解你的一生，周身热烫

睡不着。一生之中也许
有许许多多不眠之夜足以
用于恐惧或堕入幻象。但那晚
完全属于你。彻底完全

我将永远记得那夜
突然从黑暗中坐起
轻声对自己说

2

后来我猜想将从你身上得到的：
若干因爱与美而无用的句子
一小把玫瑰干枯后扬起的灰
洇湿书页又风干的泪痕
语词的三十三重梦境与
弥诺陶洛斯的迷宫
药石入酒不得不醉的夜
一个不存在的热情尾声

可看见的是雪亮近于全盲
得不到的是不想要的一切

我们的大船在上升

“我们的大船在上升。”随之而来的
第一句。自千湖之省出发
经西陵、巫峡驶过瞿塘
四昼夜，终于升至
非此不能通过的彼岸，轻舟万重
“上升的一切必将汇合。”
这原是初遇时互相慰藉的虚空

是夜分处两地
我告诉你同舱的旅伴睡了
正独自在阳台看过闸
闸道内水位持续上升

大船遂浮起。到达指定高度
人字大门缓开，船滑入上层水道
末日应许之地，“像悖谬的天堂，
当在此刻拥抱。”几小时后你回复
那些大天使可以彼此嵌入对方的
身体。它们是透明的，没有性别

夜晚船行甚速。
两岸也不是完全的黑暗，途经众多不知名
亮光，航标和人家
若现的灯塔与水鬼
一同隐入暗中。肉身困于船舱
灵魂浮水一千公里，到黄浦江
万千可能奔流到此
而我们将在入海口错过

鲸鱼破冰

是从哪年起和他重新恢复邦交
而今日，又踏出了历史性的一步
比如鲸鱼在冰上搁浅，而春日破冰
过年前我才想起加他为好友
并发了红包。他快而沉默地收下

我们十年来没说够一百句话。同一屋檐下
初中还打我，而我逃学。到离家最近的
郊区车站，看一下午。幻想远走高飞

又过一些年我上大学，开始恋爱
回家很晚。有一天他突然对她发怒：
小子不让我高兴，我也不会让他
我则对她说：今年春节就不回了吧

都避免与对方交锋。垂下眼

今日是他主动发信息。因为大雨
打不到车去舅舅家吃饭，
庆生变得狼狈。
——“她说这是她最不快乐
的生日。你打电话了吗。”
“打了。”
“哭诉了吗。”“没有。”
他主动换了个话题：
你表妹的孩子真的好乖

我后来说睡吧。他说晚安。
这天我们说了二十句话
十年来的五分之一
剩下没有几个十年了，我和他

此后余生还会突然聊起天来么
说说共同爱过和伤害过的
这些年对彼此的看法，或者
什么也不说，就是开几句玩笑

想到这里我就打开了他的朋友圈。
只有孤零零的一条，发于一年前的今日
是我入围某个文学奖的新闻
无人点赞。没有任何共同朋友
因为他是我的父亲。

（选自文珍诗集《鲸鱼破冰》，北京十月文艺出版社 2019 年第 1 版）

域外

美英新锐诗人新作小辑

/ 远洋 译

特蕾茜 · K · 史密斯诗选

新路站

历史匆匆忙忙。它搬迁，像一个女人
把她的孩子们拢上拥挤的公交车。

历史啐着“走，走，走”，车辆东倒西歪地行驶在地平线上，
用她的拳头捶打着驾驶员的头靠。

没别的东西搬迁。苍蝇定居
用它们的上百万只眼睛注视着，从不厌烦。

乌鸦们冲击她们与微风的讨价还价。
在狂怒中对着女人们咯咯又呱呱。

嘶嘶地吮吸牙齿的人，她们的衣裙
在泥浆里湿透。但历史不是女人，

它也不是在广场上形成的人群。
它不是念诵着“不”和“现在”的一大群

悦耳的声音，甚或全神贯注的寂静——

在房间里一部历史片正在放映。

也许历史是只会长时间等待的巴士，
在它启动引擎沿路奔驰之前。

也许它是通过收音机进来的声音
像一个长途电话。

或者在妈妈臂弯的孩子
他相信历史必定沉睡在坟墓里，

或者炸弹的腹部。

戏剧性的即兴演奏

终于，一个女人站住。她的身体绷紧。
她绞着双手。最初，我没想到
我听见它。然后我看见他的脸，明白了。
我被又拖又拉。

另一个女人：
我被拖得窒息。

另一个女人：
一个女人从我的头脑里猛地一拉地雷，告诉我
那不再被允许。

一个男人咳嗽，
假装吐痰。我们想要这些人
觉得多余。我们想要他们
觉得他们周围的一切
都反对他们。他把一只手放在屁股上。

我们还想要他们害怕。他徒手
悬挂在他身边的空气中，仿佛
凭借一根高高的手杖，或一杆来复枪
以枪托在地面上支撑。

还有一拍。奇怪的天气
跨过每张脸。女人们经过
从惊骇到愤怒。她们环绕着他，
迫近。

他，也变了，后退，
掉落。我在外面睡着了——在车站外面
暖和得可以睡觉。他们不认识我，
我也不认识他们。他们在我脸上撒尿把我弄醒。
然后他们用金属棒袭击我。他们打断我的
手指，打断我的几根肋骨。

他们烦躁不安
在他身上，像粗暴的人，然后他们蹲下，
平视着他的眼睛：这个国家将要好转的
唯一途径是——
将是一场大屠杀——
告诉他——

将是一个下流肮脏的混账东西。

这个人慢慢站起来。那四个人
举手击掌，疾速奔逃。

房屋
黑暗，不到半满。有一种在胸部
集体的抓握。

一个新演员
双脚换来换去。蜷缩在光里。
外籍工人们给我们纸，叫我们抓阄。
有人抽到家人逃走。有人抽到
天空上的直升机，我们的房屋在下面燃烧。
有人抽到人们拿枪指着彼此。
有人抽到船将要沉没。有人
生气地用水溅满纸页。有人抽到我们的母亲
而姐姐们踢腿并抓住空气，当她们被抓住头发拖走时。
他在那里停留，目光漫无目的。

其他人来了。
排成一排的男演员们越过翅膀
延伸，走到街上。有人用声音，有人
用身体说话，各自拖着某个黑暗的
看得见的东西。一种被给予或被选择的负担。甚至
那空的，那丧失的——他们负担着它，
没有援手无法把它放下。

一个人，黑人，苗条，一个小伙，站在
这孩子身边。

另一个人，宽阔、牢固如花岗岩，
在突如其来的泪水中飞溅。

一个女人，白发，慢腾腾地走向他，
但停住，转过身。

一个穿着套装的胖子，弯腰，
依然能指挥他的胳膊打连枷，当他把它们铺成铁轨时！
它们它们它们它们它们！

在观众中，有黎明的感觉
那不过是排练，那表演
尚未签约，也没排期，
没有商定，甚至也没计算。

房屋的后面，
一个人拍手。

然后爆发令人恐慌的
不知道如何结束的欢呼。

在巴吞鲁治的不安

乔纳森 · 巴克曼拍摄的照片观后

我们的身体带着墨水的黑血奔跑。
一口口血池在人行道的接缝里。

难道不奇怪吗，说爱是一种语言
很少实践，但所有人，或近乎所有人都说？

甚至穿着黑色盔甲的人，那些人
嚷嚷着手铐和钥匙，还有什么

是他们这样抵御的？如果不是爱的刀剑
估计心脏常见的尺寸？

我们注视，悲伤。我们睡眠，起身，吃。
爱：心脏切开，取出，洗净。

爱：在永恒的街道上几乎赤裸，
裙子被一阵异样的微风吹起。

丝妮德·莫莉赛诗选

遗传学

我父亲的在我的手指上，但我母亲的在我的手掌里。
我举起来，愉快地看着它们——
通过我的双手我知道我的双亲创造了我。

他们可能已被排斥到分隔的土地，
分隔的半球，可能与其他的情人睡在一起，
只是在我身上，他们在手指连接手掌的地方接触。

他们的患难与共荡然无存，只是朋友们
在河边挖掘他们的影像，
至少通过我的双手我知道他们的婚姻。

在一座尖塔耸立的地方我塑造一个小礼拜堂。
而当我把它翻转过来时，
我父亲的在我的手指，我母亲的在我的手掌。

在一位朗诵诗篇的牧师跟前佯作端庄。
我的身体是他们婚姻的记录。
我用双手重新扮演他们的婚礼。

那么带我走吧，接受皮肤的诉求，
为了在将来身体里的反映。
假如你遗传你的手掌，我将遗传我的手指。
通过我们的双手，我们知道双亲创造我们。

去年冬天

不喜欢去年冬天，我们说，当冬天

磨过它的铁牙时：贝尔法斯特
比莫斯科更冷，过了冬至
月全食悬挂起灯笼。
去年冬天我们穿夹克进入十一月，
而且丢了手套，天竺葵持续生长，
我们的新大肚炉搁旁边
夜夜未点燃，而在舒适的温度中，
在我们的肺和喉咙里面，病毒大量繁殖
它们自身放纵的、永不会灭绝的复制品，
嵌入我们的细胞。我们的儿子
昏迷了。我们辗转难眠，不碰他，
听他咳嗽。早晨，他因虚弱
而不能行走。胸，
我们屋里的过道和门厅
被我们说不出的东西堵塞了——
怎么样，在结婚纪念日，我们会同时
觉得羞于单独在一起，自不和谐音中
后退，在我安静的小公寓里
被鲜花环绕。

巴尔的摩

在其他噪音里，我听见我的孩子们哭泣——
在街上大龄儿童们过了就寝时间的
玩耍中，他们的声音在交错的灯光中
高高飘起；或是在透过太薄墙壁
邻居婴儿的
不眠和烦躁里；或是在电话上
巴尔的摩西区
经常奇特的音高，它的汽笛和急促的枪声里，
包围的警察们厉声训斥着孩子们——
六岁那么小就支持

街角经销商——他们趾高气扬
喷火般的讲话声里；或是在无线电台之间的
空白中，当完全没声音
出来时，噼里啪啦的静电声
会彻底吞没一个孩子的
小声呼救；即使在静寂本身里，
其物质的循环和折叠包裹着
一个幽灵的哭泣，那是我编造的，但是听见了，
因为我已在爬楼梯，驻足
在前厅，倾听，努力倾听着，
——至多是——有节奏的呼吸
但通常什么也没有，楼梯平台的
空气充满某种未听见的东西，
灰尘微粒，毯子悬垂，一条船
在港湾上经过窗口，婴儿的睡眠。

爱之歌

我看见无处不在的光
越过公交车驾驶员，大街上
女人和她的手推车
我看见黄昏
我听见四点钟报时
我听见碗橱中的寂静
鸟鸣
死水般的黎明
我尝到比面粉干燥的味道
我闻到树根的气味
在我看见他们的武器之前
尖叫着

维贾伊 · 瑟哈德里诗选

秘密警察

湿餐巾纸准时在窗口里飘动。
从不会悄悄谈论燃料的邻居在他的
精心设计的八字形露台上。
电话嘀嘀响：嘀嘀，嘀嘀——嘀嘀，嘀嘀。
“那是什么声音？是你还是我？”
不是你，也不是我。其实是电话，
一部蓝绿色的西电公司“公主”模型特征的
“革命者”被照亮的旋转式拨号盘，
那么不合时宜，令人恐惧，而且陈旧
以这样简朴的未来之桌上景观，证明
它是秘密警察。
谁又会使时间轴相互交叉
并用重点和巧合将它们谜语化呢？
有消息吗？它们在玩弄我们？
一整季在流逝，在此期间
那可作证据的，虽说不上是讽喻，
我们经历的本质，连同其中隐含的
大量密谋，在天真幼稚的人称之为意外的
一系列事件中，正在使它变得明显，
但在其中我们可以察觉到
秘密警察的存在。他说那不是他的名字，
当你知晓他那就是他的名字时。
你曾习惯于她在你的坦率注视里被淹没
现在你避开她的眼睛。
别提我们的那些同事，
他们的弯弯绕绕充满闪烁其词的意图；
或在沙滩里的地铁上；
或由于我忘记应该记住的

而记住我应该忘记的原因；
或因为火烈鸟疾窜如麻雀
高飞、俯冲，聚集
在我们这座自古至今无鸟的城市里。
一片闪烁，如同海市蜃楼。一片黑暗，如同劫后余波。
一缕白光，然后是红光，然后是黑光，
然后我说的意义，意义及其意义，
我差点儿就领会的意义。
我们说话时政府正在坠落。

长草甸

一首古诗临近结尾时，正义之子，
美德和礼貌之源，
在他的背上背负着王国
仿佛龟背上背负着地球，
进入来世。
树林黑暗，树林黑暗，
树林的另一边海很浅，温暖，无边无际。
在海里及其周围，没有生命威胁——
充满可能性的大气是那么少，那种大气
才让他有可能涉过淹没的地窖。
他似乎无休止地为之跋涉，
在金属雨树的凉荫里从不停下休息
那树在固定间隔喷水。
时间，尽管无穷尽，也是短暂的，
因此他继续跋涉，直到他走出大海进入群山，
他灼伤于迎风坡上，冻僵在山谷里。
在难以忍受的挣扎之后，
他终于到达天国。
上帝在那儿等他。上帝邀请他进去。
但凝视着炽热的入口，

他看见在幸福平原上，并非那些他以为急切等待着他的人——
他心爱的，他的兄弟们，他的战争和流放中的伙伴们，
所有很久以前死去和失踪的人——
然而，居高临下，欣赏着灿烂的日落，
他的堂兄弟，他的死对头，那战争和流放的祸根，
其傲慢和堕落的懒散
陷世界于不幸。
上帝告知他，是的，他热爱的那些人已经滚落
火之河。他们对正义的渴望
冒犯了嫉妒正义的宇宙权力。
在古文称之为阿劳基卡的天国里，他们所在地，
信仰破坏者如今被赞美。
他，至少，表现得跟他的本性一致。
难道他没有感到一点正义之子此刻所感到的绝望，
在他周围疯狂地盯着吗？
上帝注视，不无怜悯，有些惊奇。
这是最终幻象，
这人以此引导其他所有人。
他必须突破自我，没有神圣的帮助。
为此他将花很长时间，
只有他的狗，那条混血狗，
一直陪伴着他，庆祝过千禧年，
跟他一起跋涉过，
颤抖过，跟他一起被灼伤过，
伴随他的孤独从未抛弃过他。
那狗有点儿像我的狗，
一个瘦小、焦躁、贫困、被过分溺爱的杂种狗，
被苏珊娜从吸毒屋里营救出来。
周末，当我能够摆脱一周的工作时，
我带她去长草甸，在希望公园，在那里狗儿们
清晨被允许解开皮带。
如今她的鼻口灰了，老了，但从她跑的样子你看不出来。

混合媒介的植物画

扭曲的花朵，松垂，
撩人的淡紫色，
郁金香花瓣被紫色浸透，
显得发黑。

啊厌倦时光的太阳花
因生活而疯狂如野草
紧挨铁路支线，
长春花，牡丹——

为什么是它们？为什么是它们而不是
什么都没有？嗨，谁真的关心？
它们激起计算的唯一感情。
也许是爱情，

也许不是。嫁接的玫瑰
在接缝流出透明的汁液。
那是一张脸，仅仅一张脸，
在众脸之中。

脚本会议

瞧，这位先生——他是什么人，四十，五十？
他有个条件，一段历史。远郊的，抑郁，但警觉，
他的感觉敏锐。
他听见嵌入声音模式里的轻微呃逆声。
梦游在树林里，
灾难的预兆，
闪回到黑色行动——

你在片头字幕下的所有设置工作干得漂亮——
现出笑靥，我们可以说，是他日子的空虚。
那么，下一个，插入家人回忆：
加州五号公路事故，
十八轮大货车，下雨，雾，一头母鹿；
湖，熄火的舷外发动机，凶猛的波浪；
仓库爆炸，
这非常好，
有些东西就需要在这里爆炸。
但我们必须知道究竟发生了什么
宜早不宜迟。记住，
我们制片厂的名声不是靠悬疑
而是靠恐怖建立的。
我们喜欢遗传工程制造的第二任妻子和儿子。
地下室的僵尸，没那么好。
只是少几分沉闷，胜过
那精致的铜版印刷手艺里的
他浸透内疚的日记
是点缀他间歇性精神失常的贵族口水的闪光。
你有他的眼球
就在他的眼窝里颤搐而出，
在此之前我们多少次看见过，多少次
我们剩下多重的失望，
确信我们的需要永远不会
被世人模仿的姿态所满足吗？
别让他这样想下去。不要放弃你的人。
他是他自己的僵尸。
他出没于他自己的夜晚。
这一生他不会从燃烧之河的岸上撕裂他自己，
在发热的泥灰岩上疾行
当他的渴望之箭搜寻彼岸时。
并非在此生，或来世。向我们展示

对他这意味着什么，和对这他意味着什么。
很久以前，我们的大师
在枝状大烛台照得熠熠生辉的伦敦画室里说，
“让我们在这儿消磨时光，如同烧煤的维多利亚时代
咒骂野外的气氛。
永远不要忘记，在艺术和艺术包含的事物中
你所创造的人是关键，
你创造之物
毕竟如此琐碎，如此偶然，检验过后，
会，或（同样可能）不会，发生在你创造的人身上。
剩余的我们可以数字化处理。”

金 · 阿多尼兹奥诗选

/ 梁余晶　译

第一个吻

事后你那喝醉酒、嗑过药的样子
我女儿曾有过，当她放开
我的奶头时，嘴松弛下来，眼神
迷离，仿佛双眼之后
奶水在上涌，填满她
整个脑袋，脑袋懒懒地挂在脖子
的白色茎秆上，于是我把她抱得
更紧，对满足感的巨大力量
感到惊奇，完全不像要吃奶时，
四肢乱动，大哭大嚷，直到
她抱牢我，把我们之间的封口
贴紧，开始吮吸，让液体在我体内
流动并吸出；不，这是至高无上
的加冕时刻，她给出了自己，
知道可以向我展示她有多么

无助——我看到的就是如此，那天夜里，
在一座焚毁的教堂前，
你把嘴从我嘴上拉开，
然后背倚铁丝网：一个男人，
即将变得如此脆弱，
如此容易，又不可能去伤害。

缪斯

我走进屋时，
还没到吧台，男人们就给我买好了酒。

一晚之后他们便爱上了我
哪怕我们没碰过。

告诉你，我特别擅长这点破事。

他们想起我就冒汗，
独自在廉价房里，他们听着

隔壁传来的呻吟
会猜那是不是我

发出一声尖叫，像火车哀号而过。

但我已在两州之外，和一个男孩躺在一起，
让他饮着我喉咙搏动时涌出的雨水。

没人离开我，都是我在选择。
我一出现，就像人行道上的钱。

你听，宝贝。电话线里飘来的就是我的高跟鞋声。

我是那一冲而下的乌鸦
你猛然望见我

越飞越远，这时痛苦
会深深扎进你

你就得闭上眼睛，哭泣，像个该死的女人。

前男友

他们到处闲逛，向你的朋友调情，
或完全消失，再无消息。
他们喝醉或酒醒时会打电话来，

他们穿过城市，想共进晚餐，
他们隔着桌子抓住你的手，
等你从卫生间回来后，他们吻你，

他们曾是你的爱，你的受害者，
你的好狗或坏男孩，他们现在
不爱你了。有一个写了本书，

里面有个女人很像你，
开场就被某个连环杀人狂性虐，
然后肢解。他们要结婚

或丢了工作，需要贷款时，
第一个就想让你知道，
他们的新女友恨你，

他们说不想念你，但会在你梦中出现，

从那堆鞋盒中喊你名字，
他们埋在那里，一排排摆在你的地下室。

有些夜晚你发现某一个和你上了床，
手肘支着头，给你一个迷人
的表情，仿佛在说：不敢相信

我找到你了。样子和你现男友
前一晚注视你时一模一样，
然后拔掉床头小白灯上的插头，

在黑暗中向你挤过来，
黑夜偶尔被微弱躁动的弧光打破，
来自高速公路上驶过的卡车前灯，

那些大型卡车不停地奔跑，
在城市、仓库之间送货，
沿着它们熟悉的孤独路线。

品酒

我想我尝到了龟裂的皮革。
我很肯定我闻到了樱桃味
来自父亲给我买的一杯秀兰·邓波

那是 1959 年，佛罗里达奥兰多一个酒吧，
还有母亲浴帽上的氯气味。
以及去年冬天的吻，像马路黑冰上的盐，

像月球被地球远远抛开。
当李白喝酒时，月亮潜入
河中，他摇摇晃晃地追逐。

也许他品到了笑声。
我朋友苏珊喝酒时
会哭，因为她是爱尔兰人，

没有孩子。我想再次
尝到某天下午降临的雨，
它刚好止步于我立足之处，

于是我前倾，把脸埋入，
同时活在两个世界，
知道雨会停，雨对此无所谓。

一起吃

我知道我朋友要走了，
虽然她还坐在那
在这餐厅里，我对面，
身体朝桌上倾着，拿面包
蘸我盘子里的油；我知道
她的头发曾多么浓密，
知道就餐中途，她多努力
才丢掉她的男式帽子，
为了直视那位年轻侍者，
当他问我们菜怎么样时，
报以微笑。她吃的样子
仿佛会饿死——鸡肉、葡萄叶包饭、
涂了黄油的细面薄片——
那些折磨她的东西
也在吃。我看着她拿起
一只闪亮的黑色橄榄，
把果肉从核上剥下，看着

她细长的手指，她的脸
因药物而浮肿。她垂下
眼睛，看着食物，假装
不知道我知道什么。她要走了。
我们继续吃。

洗

我把母亲从澡盆里拉起来，
我那滴着水、赤裸、颤抖的母亲，

扶她坐上我孩童时期曾坐过的
马桶盖，在她洗澡时

陪着她，纤细的水流升起，
她的乳房落向两侧，

她耻骨处浓密的金色毛发
像鳗草一样漂浮，她的腹部

像水面的肥皂漩涡一样苍白。
我让她坐下，用一条毛巾裹住她，

跪下修剪弯曲的黄色脚指甲，
把两只脚都握在手里，

尽量动作温柔，尽量比上帝
更仁慈，后者创造出她后，

用一条粗糙的舌头将她舔净，然后
把她留给生活，留给苦难，留给了我。

那又怎样

你猜猜看。如果爱仅仅是化学反应——
苯乙胺，那种分子
在头脑密室里引起眩晕，烟雾中
响起热辣的博普乐，那不会长久，
等到某个清洁工把磨坏的凌乱地板
拖干净，吹起难听的口哨，
所有内啡肽都冷却，如同熄灭的
玻璃蜡烛杯，空气充满回忆的腐味。
那又怎样，你说；外面，一个阴影
把喇叭从盒里举起，像举起某个铁块，
朝着大门紧锁的店铺
散播一些绝好的乐章。你已不再
相信那里还有什么，但你仍满怀
骚动，停步，等待，努力倾听。

跳舞

当你最终魔法般地把自己克隆成
若干个一模一样的女人，

就能让每一个走向一个男人
他已等候多时

为了第一次的接近，也许还有下一次，
那样你不觉得开心吗？

所有的你聚集在一间亮堂堂的舞厅，
每个女人都佩戴号码，用来区分，

裁判以同样的方式给每人记分，音乐

从演奏台上涌出，男人们兴奋地

想靠近你，每个人都低声唤着
一个不同的昵称，每个人

都用黑鞋摩擦地板，画出完美的圆圈，
当他把你抬起，用手扶着

你的臀，用棕色或杂绿色的眼睛
凝视你，用令人吃惊的蓝眼睛

俯视你，把你带进一个角落，
又旋转着把你引向中央，

镜面球上发出的光
碎裂在你皮肤上，像你的亮片裙

一样灿若星辰，你感到
空前绝后的圆满，

穿过你所有真实美丽的人生，
而现实的那一个则逐渐暗淡。

数字

多少个夜晚我像这样躺着，因某些计划而兴奋，
因害怕而兴奋，因某人说过的最后一句话兴奋，仍想
结束一场已终结的谈话？多少个夜晚浪费
在不睡觉上，多少浪费在睡觉上——我不知道
世上有多少种饥饿，多少辐射或盐，在普通一小时内
世界崩裂了多少次，多少次分解至虚无
又重新开始。我不知道上帝如何能忍受

同时看到所有这一切：倒下的尸体，纪念碑，焚烧，
情人们在多少封锁心灵的地板上踱步。我想闭上
眼睛，在雾中找块安静的地盘，只有一些羊走向栅栏。
我想数数它们，我想它们结束。我不想弄明白
有多少人坐在即将停业的餐厅里，
当馅饼在冰冻的黑暗中旋转时，其中
哪些人又会整夜在人行道上游荡。我的生命还剩下
多少个日子，生命又有多少意义，倘若我努力说出
它的某种真相——我曾努力过多少次，失败了
多少次，绝望过多少次？那块地盘已湿，每片草叶
都闪着自己独特的光芒，哪怕在这里，我也不禁
再次发问，白色天空布满了脚印，砖块，
布满了祈祷念珠上的抱怨，布满了划过火焰
又蒙住双眼的手。我累了，现在想休息了。
我想亲吻爱人的身体，那唯一的嘴，那没有阴影的
朴素姓名。让我去吧。今夜有多少
祈祷，我们中又有多少人必须保持清醒，倾听？

“女人想要什么？”

我想要一件红礼裙。
我要它又薄又便宜，
我要它特紧身，我要穿着它，
直到有人把它从我身上撕下。
这条裙子，我要它无袖，
要它露背，别人不用猜
裙下有什么。我要走上街，
走过便利店。走过五金店，
所有的钥匙在橱窗里闪亮。
走过王氏夫妇餐厅，他们出售
放了一天的甜甜圈。走过格拉兄弟店铺，
他们把猪从卡车扔到手推车，

搬起光滑的猪嘴，搭在肩上。
我要走得像世上唯一的
女人，一切都供我挑选。
我想死了那条红裙子。
我想用它确认
你对我怀有最深的恐惧，
向你表明，我一点也不在乎你，
除了我想要的，什么也不在乎。
等我找到那条裙子，就把它
从衣架上取下，仿佛挑选一个身体，
把我载入这个世界，
穿过出生和做爱时的叫喊。
我会像骨头、像皮肤一样穿着它，
这将是他们埋我入土时
我穿的那件该死的衣。

（选自《光年》第 2 期）

E.B. 怀特随笔

/ 贾辉丰　译

我有一位朋友，绕他的一块土地设了电子栅栏，里面圈了两头奶牛。一天，我问他对栅栏的感觉如何，使用起来是否很费钱。“一个子儿都不花，”他答道，“电池用完后，我就卸下来，再没装回去。栅栏的电线根本没电，一股绳子罢了，奶牛始终离它十英尺。头几天它们就学乖了。”

显然，在美国，这种情况很普遍。成千上万头奶牛生活在对电线的恐惧之中，可这电线没有通电，约束不了它们。它们尽可以去争取自由。起来，奶牛！趁暴君打鼾时赢得自由。起来，全世界受奴役的人民！电线没有电流，花样再难翻新。奋起吧！

“诗人就不能明白些。”旁边屋子里，我的妻子恼怒地叫嚷。

这倒是人同此心。诗人把话说清楚，我们所有人都喜欢，或者说我们认为我们会喜欢。然而，很难让诗人摆脱故弄玄虚的状态。诗人的明白到此为止，不会更明白，他进入清晰的地界总是很谨慎，就像水手决不在任何坚实的地方展露身手。诗人的乐趣就在于欲说还休，让含义因朦胧而得到加强。他拉开遮掩了美的面纱的拉链，却不肯揭下面纱。极度明白的诗人多少有点招摇。

这个主题很有意思。我认为诗歌是一门最伟大的艺术。它综合了音乐与绘画与叙事与预言与舞蹈。它的口吻是宗教的，态度是科学的。真正的诗歌，蕴育了神奇，坏的诗歌，媚俗，散发异味。我想并没有长诗一说。长则不是诗歌，而是其他什么东西。《约翰·布朗之躯》[1] 不是诗歌，它是用绳子串起的一束诗歌。诗歌是热烈的，热烈的东西不能长。

一些诗人天生比其他人明晰。要想走红或者名世，写得极其通俗（如埃德加·格斯特[2]），或者彻底晦涩（如格特鲁德·斯泰因[3]），各有各的好处。本土的第一位诗人——如果用词无须那么严谨——是埃德加·格斯特。他这位吟唱者，比起其他人，让美国人更多地从诗歌的韵律和节拍中得到了享受。他是否也让心满意足的读者得到我读其他诗人的某些诗歌时产生的那种迷茫的、椎心刺骨的情感，是我非常感兴趣的一个问题。作为民主主义者，我似乎事事上都赞成多数裁定原则，但文学例外。

有多种类型的诗意晦涩。一种晦涩来自诗人的癫狂。这种情况当然很少。诗人癫狂与狗的癫狂一样，都不常见。有数目惊人的知名诗人，神志清醒得无可救药。还有一种晦涩，来自诗人乔装癫狂，即使略微沾点癫狂气。这却很常见，也很糟糕。诗人蓄意告别他的理性就像通勤者告别他的太太一样，我不知道还有谁的作品，比这类诗人的作品更让人讨厌。

另有一种无意中的晦涩或者说是混乱，是因为一些作者哪怕表达很简单的想法，也无法不搅个乱七八糟。还有一种晦涩，则是因为想法太多，都得塞进三或四音步的诗行里。诗歌的功用是浓缩，但有时浓缩得过分，读这样的诗，不会比

[1] 《约翰·布朗之躯》，美国诗人斯蒂芬·文森特·贝尼特（1898—1943）所作长诗，纪念南北战争期间著名的废奴主义者约翰·布朗。

[2] 埃德加·格斯特（1881—1959），美国诗人，在二十世纪上半叶的美国红极一时，被誉为“人民诗人”。

[3] 格特鲁德·斯泰因（1874—1946），美国女作家和诗人，旅居法国，与文学界、艺术界人士交往颇多。

高峰时刻搭地铁来得舒服。

有些时候，诗人太专注于音节的某种组合造成的抒情可能性，却忘记了最初想说什么，如果确实还有东西要说，结果又是乱作一团。对这种晦涩，我很能体谅：我知道诗人在作诗的过程中，往往受制于一些花哨的东西，一行诗，听来像丝绒般平滑，看去像羽毛一般曼妙，但全然不合诗的规矩。如何处理这类小玩意儿，常常让诗人烦恼，他自然感激缪斯时不常赐予他的小恩小惠。通常，他会把这闪亮的字句丢入整首诗的什么地方，但愿它不会太扎眼。（听来我好像鄙薄诗人，其实我是妒忌他们。我可真想当个诗人。）

我与诗人的争吵（诗人得知竟然有争吵发生，想必惊诧莫名）不在于他们不明晰，而在于他们太勤快。勤快之于诗人，正如不诚实之于簿记员。有数不清的诗人写得太多，太勤，太取巧。很少有诗人乐意等待十月怀胎，他们宁可要个早产儿，用老式卡斯隆字体娩出后，再送进恒温箱。

我以为美国人，较之其他民族，更容易受他们不理解的事物打动，诗人就利用了这一点。格特鲁德 · 斯泰因曾经占据令人惊叹的报纸版面，但在我看来，这与她的作品给人的快乐全然不成比例，虽然我只是揣测而已。斯泰因小姐忙了她认为有趣和刺激的实验性写作，我当然不反对。她痴迷于字词形成的音韵，也让人赞叹，大多数作家很少关注音韵，太多的作家干脆耳聋。但另一方面，我也不打算相信，任何作家，除非存心预谋，有谁还能像“一朵玫瑰是一朵玫瑰”的作者一样[1]，始终以如此优雅的晦涩和空疏的方式来创作——从不采取常规一点的手法，百分之百地绕圈子说话，非得是纯粹的天才——没人好到这个份儿上。

总之，我想妻子是对的：诗人可以更明晰一点，但又不必落在生硬的实处。我很奇怪我对他们如此这般地啰唆个没完。我同样也吃亏在勤快上。我咬着铅笔，盯着画了标记的日历。

（选自 2020 年 1 月 3 日“燃读”微信公众号）

---

[1] 语出格特鲁德 · 斯泰因的《圣洁的艾米莉》一诗，原句是“玫瑰是一朵玫瑰是朵玫瑰是一朵玫瑰”。

中国诗歌网作品精选

春夜

庞培

一名附近厂里的女工，经过落市的
菜场，手里提着塞满菜的塑料袋，身上
明显的外地人特征：
有点脏，但气色很好；
头发湿漉漉（大概，刚洗过澡）。
我隔她三四步路，在她身后
从烦乱的马路上经过——
天突然热了，刹那间，我想起这是在
三月份，吹过来的风仿佛一股暖流——
行人拥上前，我的脚步变得
有些踉跄——
隔开人群
我能感到她健壮湿润。
我感到夜空深远而湛蓝。在那底下
是工厂的烟囱、米黄色河流、街区、零乱的摊位。
遍地狼藉的白昼的剩余物。
从船闸的气味缓缓升降的暮色中，
从她的背影，
大地弥漫出
一个叫人暗暗吃惊的春夜。

鹰

沙马

鹰的召唤来自孤寂而尖锐的悬崖
危险之美是险峰的姿态
每一块岩石里都流淌着太阳的血
都留下闪电的伤痕，都有着
秘而不宣的历史。飞翔的鹰不是

一个符号，而是自由的
证词，是另一片天空的隐喻
当我仰起头看着直插云霄的悬崖，看着
盘旋于崖顶的苍鹰，内心的血
涌入头脑。此刻，没有一种
语言能够叙述这个孤立的存在
激情不过是孤独的第二次释放

父亲

官玉树

时光的入口，堆满修辞学
被夕阳架空的词语，变成
一只鸟，遥望光阴下坠的弧线
脚下的泥土，石头，草木，尘埃
有了新定义，慢慢地，和村头的小土堆
结成了新的家，生成了自己的哲学体系
每一寸黄昏，都有自己的白昼
就像每一片白云，都有自己的归家

风是修正主义者。只有思念的信仰学
才扎根泥土，拨开黑暗的泥泞
翻越路上的藩篱。

在自己的小宇宙里：他用沉默耕种
用身体支撑起四季的轮回，在自己的骨头里
埋下种子。
在谈到每片黄叶背后的绿色纹理时
他的眼睛里顷刻间蓄满了流水
他摇一下身，便是一掬灿烂的水花
他再摇一下身，便是日落长河

我的陌生学，致柳歌

老镜

我写下那些陌生的事物：云朵、虫鸣、命运
它们缠绕在一起，它们旅行或者奔命
而后，计算路程和反复核实
把其中的可能性都考虑得一点不差。
我的身体里也有相似的水路、草丛、天空
我曾经想做而没有做的事情是——
为这些陌生的事物命名。
自然界安排好了秩序，预留好了路线
每一桩事件，每一个人的去踪
都呼应着抛物线内外的规律
我想说的除了海啸的发生、日月明灭
还有那些跟我陌生的人
他们远比我热爱山川，用更汹涌的势头
对付幸福日子中偶尔的不幸
他们比我活得欢愉。
诗歌的长处在于，我能让陌生的人更加陌生
让人事分出诸多的去路
把可能性思考得更全面一些
比如他们与我在地理上的距离感。
我参透了陌生学，身在其中
我写下的那些事物，没有任何一个荣耀的姓氏
全都无名无姓。
云朵似泡沫般，虫鸣很决绝，命运隐藏了
各自的玄机。
我希望的生活相当于，我们永不见面
一见就如故，一见就亲上加亲。
我们从没有别离过，就等于我们在陌生中
潜伏得太深。
草木一样，草木中的生死一样

这陌生由来已久，它必然是你我都避免不了的
险境。当我写下更多的夏末秋初的事物
我的诗句里多出的一股寒流
你也不要惊讶和担心
因为我必须一一交代，交代也是我许下的陌生。
已经太多日子没有流泪，我对自己也疏于关心
放到更大的背景下，比如那一年
在沱河，我逆流而上，有人与我背道而驰
冷风吹过来的时候，我们缺少了一句问候。
多么，多么期待一次意外——
在陌生的枝头
我们共同接受一双手的修和剪……

张家界

江南雨

那些坐着、躺着、哭着、笑着、讲着古经的石头
表情丰富。修炼成动物、植物和人形，注定是
前世的福报。亿万年不算长，恰好让一堆石头成精

变成有血有肉的人物、百兽、花草和树木，变成土家族
白族的方言、服饰、爱情和图腾，需要多少年修行

石头上开出花朵，让世界放下身段，而我体内
空虚。一行人抓住河流在石缝里蛇行。上帝的手
指向哪里，我就在哪里显形。像一块生料

日夜在那里唤我。其中有一块，刻着日月生辰
山色深处，一块白云从头上滑过，似神迹

踱步

隽土

一个又一个清晨，踱步于我的花园。
然而究竟发生过什么？

总是这样，死亡和荣耀一起到来。
每个季节都会面对尘土。

一个时代在悄悄蒸发，以进化之名。
玫瑰，山菊，艾草，车前子，
我可爱的故乡山坡，丛林，和溪水。

在那圈起来的范畴之中，
我的朋友，星星们，
天才般的光芒几乎消耗殆尽。

仿佛时间切下来一段，放进
盲区。这段路上，我的视野空空。

你当然可以说

蓝蓝

你当然可以说："人没什么可自大的。对于蛇来说
到处都是路。鸟飞在空中需要路吗？
还有鱼，在大海里。"你望着楼后面的村庄
黄豆地里升起的淡淡的雾霭，蓝色的——如此清澈
瓜园，菜地，人们在土里刨出滚圆的红薯
灼热的太阳点燃了玉米的红缨子，并在蒿草上
催生浓烈的香气——你抓住笔，说着，写着
攀援到这座城市的楼顶，并在天空的深处
找到一张稿纸——能放进这一切的——正是这个样子。

橘子

以薇

是在两张树叶的寂静之间
橘子看见了自己缺少小骨头的身体

在秋天。风，经常是颤抖着经过
空气的羽毛上，注满了鱼鳞般的烟火气

多么沉重。（我曾见过一个疯子
怜悯地瞥着另一个疯子）
橘子打算进入一生唯一的一次飞行
金黄地飞行。据说一轮真正的小太阳
曾被射杀在相同的高地

风的集市，贩卖些什么呢？
对于一枚理想主义的橘子
缺少的是快感、神秘或者焰火吗？
一生，便是为了返回原点，它的母穴？

当它两手空空经过，甚至未能有些许取暖

底下，又是谁，刚好打开了那扇窗
刚好伸出小手，刚好碰到了橘子的坠落
啪！差了一点点——

在一堆枯黄的寂静间
声音那么响，橘子分明听清了
那是自己体内，骨头的应答声

检修

哑石

这两台机车，都出了点问题，
可能出问题的地方不一样。
如此看来，我们需要在海风中
停一停，停在海滨大道旁，
检修一遍似乎还在每个部位里
喘粗气的小预感、小零件。
不锈钢螺帽，黑色硬橡胶
裹住的黄铜丝线，一块镌刻
细密电路的单硅晶片……重要的，
我们都需要千斤顶，把躯体
抬得更高一点；需要深入
明白：世界，是一种在黑暗中
强烈的液体。一旦油箱开裂，
它的前景就会挥发完。相信我吧，
当我们抬眼镶金边的海浪，
鳗鱼会在紧裹的爆炸中滑入，
轴承的神秘曲率，弓着腰在你
倒向海岸沙滩的瞬间醒来：
远方晚霞，此刻正“嘭”的
一声，拔出了漂流瓶的瓶塞——
海鸥飞。一瓶加速的酒，烈而甜。

秋日

离开

从鸟叫声，你听出它受伤了
我有些惊讶。当我们路过这棵树
你牵扯到丝瓜的藤，它的叶子
便枯萎了，蜷缩在一起

在日头照射下就格外显眼
你种下的秋葵，也还没结果
都处暑了，应该不会再结果了
这个秋天，我想与它们交谈
我想安排在某个黄昏，夜幕尚未
低垂。我想安静坐在湖边
看半空中突然静止的红蜻蜓
好像从前的景致也是这样
它好像忘记了什么，又记起什么
它带来的秋天，依然那么完整

自刻章

陈鱼观

石头属于过去，上面所刻除了刀痕
因为年头已远认不出所以

先是将石头放在一张粗砂上
打磨，迫使陌生人从身体搬离
然后化为粉末，没有人能还原金石般的固执

直到一个截面的沟壑被彻底消除
就将石头放到一张细砂上
用心安抚，不敢惊动一丝呼吸
现在始能拿出刻刀，刻我蓄谋已久的狂狷
——为自己立传

行刀时，选择以阴文小篆推进
一刀一锉，将名字从石心中剜出

吹一口气，名字在刀口散开
纷纷跌落在地，命运与我无关

只是石头刻度——有了椎心后的快感

他们在下棋

池凌云

还要再过些年头，才分出胜负。
也许不会有结果，因为有人在中途
毫无征兆地离开。一开始
他们并不难过，谁也没把谁孤零零留下。
他们只是筑城墙，手无寸铁
却屏住呼吸或喃喃自语，
像真的掌控着千军万马，
他们以为这游戏会持续几十年，
然而提前离开的人不管这些。
即使棋高一着，最终还是无从下手。

他们都哭了。折戟沉沙
疼痛，出现在睡梦中。
那曾经危险的陆地，在每年春天
茂盛起来。他们为失去的
点燃蜡烛，写下离去的对手的名字
静待一个个战事平息。
那时，他们从各自的居所出发，
喝一杯烈酒，策马而来
开始四国大战，有人扬鞭
马鬃就在棋盘上空飘荡。

他们高声争执，用嘴、用手争夺，
在一个不属于他们的世界里
彻夜征战，直到其中的一个
放下棋子。他们不知道
这么快，有人出局，并且永远离开。

梧桐

天界

在危崖搭建一座高台，你来不来[1]
在乡野修整一所木屋，你来不来

如今我在自己渐将老去的身体里
腾出一间旧房，你来不来

大树破壁凌空，向死而生
烟花始终惊艳中与世界告别

可我想见证奇迹啊。时间有一扇玄幻之门
看谁更耐心。谁能把梦境变成现实——

身体早已爬满藤条。我长有犄角
搬运磨盘一样的天命

挣破一张网，需要多大勇气
可我还有什么呢。这幸福而潦草的中年

牧鱼者

育邦

从童年的幽影中走来
我们穿过花朵飞舞的墓地

鼹鼠的洞穴里，我们窃窃私语
生怕惊醒那些死人的骸骨

[1] 佛祖说：只要你搭好高台，我便来说法。

灯枯时，海桐回到故乡
领取属于他自己的陌生荣耀

秋水时至，我们这些牧鱼者
不再辨别牛马，径直奔向大海

江南忆

杨清茨

常忆起，碧竹窗外细雨
有农人吹送归鸭
孤帆寄泊江岸
星儿疏疏，月儿初斜
归故乡
而梦却常挂在瘦骨嶙峋的悬崖
远去的父亲
用一只手绘的兰花绢灯
照亮了远嫁的女儿
相思被锁
常羡燕子，知春还家
可筑巢，可呢喃
春水，杨柳风
而轻霞般的少女
俏立画船
如淡淡的眉月
雨落下的时候
不小心打碎了一地忧伤的杨花

寻亲记

胡茗茗

夜半醒来，习惯性寻摸肉乎乎的小身体

若干年前是摸女儿，现在是猫咪
大手掌盖上去，我们的体温有太多的融合

时常忧伤它七倍的老去，就在昨晚
它久久盯着天花板不停嘶叫
阴性的猫眼里一定有什么在上下飞翔
心念起，诵经，依然不安
我央求善意的魂灵尽快离去
哪怕是来寻亲的老父亲
父亲，我的手越来越像你

这一夜我睡得深沉，生死的酒杯已然端稳
那簌簌而下的梨花、杏花、樱花、天堂鸟……

寂静的部分

常保平

三五间土做的瓦屋，门敞开着
对联还在，只是
关公的大刀更加朦胧
秋天的玉米被扒了皮，整齐地吊在屋檐下
二三只小鸟和一群鸡互致问候
院子干净，墙院外的核桃树落光了叶子
五百年的树龄，遒枝伸向天空
有纵深的远。门前一百米就是大山
突兀的巨石有沧桑的部分
房后就是坟茔，爷爷奶奶安静的居住地
柴火垛在石头上，足够一冬取暖
小河挂满冰凌，水缸里盛满了水
火塘未消尽，有贴心的暖
一条蜿蜒的小路长满了野草
出了栾川，就是洛阳、郑州……

《露——小清新》

苏晓旺

布面油画

100cm ×150cm

2011 年

评论

传统与实验：卞之琳和冯至的客观化技巧

/ 张枣 著
/ 亚思明 译

一、极端主体性的背离

冯至（1905—1993）比卞之琳（1911—2000）大六岁，属于“五四”以后开始写新诗的第二代诗人，和徐志摩、闻一多、梁宗岱、李金发同属一代。而卞之琳自认为是第三代[1]。这种代际的划分使得卞之琳在“古为今用，洋为中用”的问题上天然有一种开放的姿态。冯至的诗也具备“化欧”“化古”的特征，他与卞之琳同为北京大学学生，都在读书期间开始写诗，卞之琳是在英文系，冯至是在德文系，专业的选择也在不同程度上影响了他们的写作。冯至有个叔叔名为冯文潜，当属中国最早留学德国研究哲学、美学的学者之一，在他的帮助下，冯至很快就能阅读德语文学的原典，对席勒和诺瓦利斯推崇备至，并以后者为研究对象，于 1930—1935 年在海德堡攻读博士学位。冯至也很早就注意到了里尔克，但对于其真正意义所在，却要到海德堡深入研修之后才有体会。直至 20 世纪 40 年代冯至创作十四行诗，里尔克对他的

---

[1] “三代诗人”的概念源自理论家胡乔木。在一次诗歌问题座谈会上，胡乔木提出，“‘五四’以后开始写新诗的，以特点说，大致先有过三代人：第一代对中国旧诗知道得较多，第二代对外国诗知道得较多，第三代对两方面都知道一点”。卞之琳自认为论年龄，论开始写诗时期，自己似应属于胡乔木所说的“第三代”（参见卞之琳《自序》，《雕虫纪历》，生活·读书·新知三联书店香港分店 1982 年版，第 18 页）。

影响才开始显现。与冯至相比，卞之琳极少阅读德语文学作品，主要关注的是英国抒情诗、法国象征派，师承徐志摩与梁宗岱。同时值得一提的还有现代主义的宗师艾略特，可惜迄今受到遮蔽。

除了闻一多，卞之琳和冯至也称得上新诗史上极为看重诗歌形式和技巧的诗人，这常常表现为他们诗中所映射的“元诗”[1]结构。他们的诗学思想总是围绕着一个设问：如何在一种非个人化的、以客观性凸显现代性的诗中，不是仅仅蹈袭西方，而是能够葆有“汉语性”？在这个问题上，冯至虽然少有理论阐述，却在诗歌实践中多有无声的尝试。相形之下，卞之琳更愿意公开质疑，并与诗评家就方式和方法展开讨论。关于他的一些观点我们将在这里特别予以考察。

早在1925年，年仅19岁的冯至就发表了他的处女作，1929年出版第二本诗集《北游及其他》大获成功，鲁迅称赞他是“中国最为杰出的抒情诗人”[2]。冯至的诗句塑造了抒情主体不言而喻的激情反叛形象，触碰到了时代的神经。他从不合时宜的陈词滥调中抽身而去，拒绝维持内心与外部世界的虚假的一团和气，转而以一种狂飙突进的主体性的表达来呈现日常现实。而外部世界——就像他在长诗《北游》中展示的那样，变成了自我认知世界里的符码。所有的印象都已解体，被重新组装，拼贴成倦怠或古怪的图像，折射出情欲的幻想和对社会的绝望。这种排挤一切、支配一切的自我意识的逻辑，借“蛇”的隐喻表现出来：

我的寂寞是一条蛇，
静静地没有言语。

[1] 译者注：“元诗”是张枣整部博士论文的中心概念之一，也是他重要的理论建树。张枣用“元诗”这个术语，即“关于诗的诗”或“诗的形而上学”，指写作者在文本中刻意表现出的语言意识和创作反思，他赋予这种意识和反思以语言本体主义的价值取向。用张枣本人的话说，即“在绝对的情况下，写者将对世界形形色色的主题的处理等同于对诗本身的处理”（张枣：《当天上掉下来一个锁匠……》，北岛：《开锁——北岛1996—1998》，九歌出版社1999年版，第11页）。

[2] 鲁迅：《且介亭杂文二集·〈中国新文学大系〉小说二集序》，《鲁迅全集》第6卷，人民文学出版社1981年版，第243页。

你万一梦到它时，
千万啊，不要悚惧！

它是我忠诚的侣伴，
心里害着热烈的乡思：
它想那茂密的草原——
你头上的、浓郁的乌丝。

它月影一般轻轻地
从你那儿轻轻走过；
它把你的梦境衔了来
像一只绯红的花朵。[1]

“蛇”在这里成了抒情“我”的无从掩饰的欲望的化身。情人的客观本质被销蚀了，充溢着过于强烈的主观激情，并以爱的名义闯入特定的世界：“它把你的梦境衔了来 / 像一只绯红的花朵。”这种以“蛇”自况的极端主体性被冯至称为“忠诚的侣伴”，这在他的早期创作中是不能舍弃的。但到了 1941 年，当他对抗沉默、写诗逾十五年后，却突然发生了自我的背离。现在他深信，这种狭窄的自我造成了他以往写作的危机：“那时我们用简单的 / 文字 / 写出简单的诗文；/ 那时我们用幼稚的 / 文字 / 写出幼稚的思想。”[2] 只有突破这种狭窄，才能克服“简单”和“幼稚”，向着一种全新的、成熟的创作迈出第一步。而成熟的写作理应与苦闷保持距离。关于那一时期的诗，他反思道：

抒写的是狭窄的情感、个人的哀愁，如果说它们还有些许意义，那就是从这里边还看得出五四以后一部分青年的苦闷。[3]

突破的到来是在 1941 年，当时冯至住在昆明附近的一座山里，每星期

[1] 冯至：《蛇》，《冯至选集》第 1 卷，四川文艺出版社 1985 年版，第 32 页。
[2] 冯至：《那时……》，《冯至选集》第 1 卷，第 162 页。
[3] 冯至：《诗文自选琐记（代序）》，《冯至选集》第 1 卷，第 12 页。

要进城两次去上课，来回十公里的路程是很好的散步，他也因此成为里尔克诗学意义上的一个观察者。冯至写道：

> 一人在山径上、田埂间，总不免要看，要想，看的好象比往日看的格外多，想的也比往日想的格外丰富。[1]

以这种方式看人观物，往往可以听到自己内在的声音，让观察者总有新的发现——发现隐藏在被观察对象之中的真实的现实，这种真实同时也是普遍意义上可以被认知的人类自身的一个镜像。细致入微地观看世界的抒情“我”现在变成了一个讲述者、一个报告人，外界变成了一幅画，被实体的画框框住。而那些令人情绪激动、给人带来创痛的经历，可以在画中得以倾诉，在读者的眼前呈现：

我时常看见在原野里
一个村童，或一个农妇
向着无语的晴空啼哭，
是为了一个惩罚，可是

为了一个玩具的毁弃？
是为了丈夫的死亡，
可是为了儿子的病创？
啼哭得那样没有停息，

像整个的生命都嵌在
一个框子里，在框子外
没有人生，也没有世界。

我觉得他们好像从古来
就一任眼泪不住地流

[1] 冯至：《〈十四行集〉序》，《冯至选集》第 1 卷，第 256 页。

为了一个绝望的宇宙。[1]

和冯至一样，卞之琳也是通过客观化的手法获得诗艺上的成熟。他的早期抒情尝试主要侧重于形式建设，有一种浪漫主义加象征主义的多愁善感，风格上有些类似徐志摩——也是发现他、激励他的恩师。卞之琳北平时期写的诗中，有一首《群鸦》就明显有着徐志摩的影子：

啊，冷北风里的群鸦，
哪儿去，哪儿去，
哪儿是你们的老家？

啊，冷北风里的群鸦
落叶似的盘旋，
要降下了又不降下。[2]

全诗共由字句均齐的五小节组成（在此我们从中援引前两节）。每一节中都会重复第一句，由叹词“啊”开头，感情化的色彩无疑有些过浓了。这种模式也见于徐志摩的《去吧》，其中有一句“悲哀付与暮天的群鸦”[3]。自然界里的相关事物——冷北风里无家可归、不得安宁的群鸦承载着言说主体的孤独和失落，由此象征着诗人的厌世情绪。浪漫主义的基调在卞之琳的早期创作中是占支配地位的，也被称为“新月阶段”[4]（1930—1932），按

[1] 冯至：《十四行二十七首 · 六》，《冯至选集》第 1 卷，第 128 页。

[2] 卞之琳：《群鸦》，《雕虫纪历》，第 140 页。

[3] 徐志摩：《去吧》，赵遐秋等编《徐志摩全集》第 1 卷，广西民族出版社 1991 年版，第 15 页。

[4] 为了强调不同创作阶段的诗各有其侧重点，卞之琳将之划分为三个发展时期：1930—1932 年、1933—1935 年以及 1938 年之后。参见卞之琳《自序》，《雕虫纪历》，第 1—26 页。但研究者对此却有异议。例如：蓝棣之认为，1930—1932 年是卞诗的第一个阶段，1933—1937 年是第二个阶段，1938 年之后是第三个阶段。我在论文中依据的是蓝棣之的分期观点。参见蓝棣之《论卞之琳诗的脉络与潜在趋向》，载《文学评论》1990 年第 1 期。

照卞之琳本人的说法，是“第一阵小浪潮”[1]。

但不久之后，卞之琳就有意做出改变，因为他认识到自己与徐志摩个性迥异，也不必东施效颦，装出不像自己的样子。卞之琳称自己“总怕出头露面，安于在人群里默默无闻”，更害怕公开“私人感情”[2]。出于这种个性化的需要，他尝试寻找一种新的表达方式，“借景抒情，借物抒情，借人抒情，借事抒情”，抒情“我”理应与经验“我”分离。在日常数不清的投影中虚构一个抒情“我”，这在他更是得心应手：

> 这时期我更多借景抒情，借物抒情，借人抒情，借事抒情。没有真情实感，我始终是不会写诗的，但是这时期我更少写真人真事。我总喜欢表达我国旧说的“意境”或者西方所说“戏剧性处境”，也可以说是倾向于小说化，典型化，非个人化，甚至偶尔用出了戏拟（parody）。所以，这时期的极大多数诗里的“我”也可以和“你”或“他”（“她”）互换，当然要随整首诗的局面互换，互换得合乎逻辑。[3]

有趣的是，卞之琳在有关客观化的诗学讨论中，认为“意境”和“戏剧性处境”这两个概念是有可比性的，甚至从最广义的角度来看是趋同的。第一个概念“意境”源自我国古典诗学，王国维在《人间词话》里说，客体与主体合而为一，进入“无我之境”，诗意得以升华。在这种情况下，“以物观物，故不知何者为我，何者为物”[4]。自我完全融入物中，主体性的表达隐而不宣。与这种最高的诗境相对的是“有我之境”，“以我观物，故物皆着我之色彩”[5]。王夫之称之为“情景交融”：“情景一合，自得妙语，撑开说景者，必无情景也。”[6]后者也是强调创作过程并非主体改造世界的行为，而是个人献身于客观世界，是从技术层面上进一步再现“无我之境”。

[1] 卞之琳：《自序》，《雕虫纪历》，第 2 页。

[2] 同上，第 4 页。

[3] 同上，第 4 页。

[4] 译者注：王国维：《人间词话》，广西人民出版社 2017 年版，第 4 页。

[5] 同上，第 4 页。

[6] 王夫之：《明诗评选》，文化艺术出版社 1997 年版，第 238 页。

第二个概念“戏剧性处境”出自艾略特的“客观对应物”（objective correlative）。艾略特是这样定义的，“在艺术形式中唯一表现情绪的途径是寻找‘客观对应物’”，即“一套事物，一种形势，一串事件，它们是你想表现的那种特殊情绪的公式”；“只要这类东西一出现……那种情绪也就一触即发”[1]。在这里，艾略特要求艺术家在创作中遵从·种更高的价值标准，追求一种普遍性的、非个人化的文学作品。关于其中的辩证关系，他这样写道：“诗不是放纵感情，而是逃避感情，不是表现个性，而是逃避个性。当然，只有那些拥有个性和感情的人才懂得什么叫做逃避这些东西。”[2]

卞之琳对艾略特的“客观对应物”理论其实并不陌生，类似于传统的《易经》原理在城市生活场景的现代运用。艾略特用意象构图[3]将灵光消逝的大都市描绘成一片精神的荒地，他对面具和个人形象的使用，他以一个叙述的声音替代抒情“我”的显著在场，所有这些手段在卞之琳看来都能行之有效地将“内心世界”如“外部世界”一般塑造出来，从而实现在现代诗中抵达“无我之境”。1932 年以后，卞之琳凭此技巧写成了《西长安街》《春城》等诗。特别值得一提的是短诗《苦雨》，他本人将之视为一种客观化、“成熟”的创作转型的开端：

茶馆老王懒得没开门；
小周躲在屋檐下等候，
隔了空洋车一排檐溜。
一把伞拖来了一个老人：
“早啊，今天还想卖烧饼？”

---

[1] T.S.Eliot, “Hamlet”, in Collected Essays, London: Faber and Faber, 1969, p. 145.

[2] T.S.Eliot, “Tradition and Individual Talent”, in Collected Essays, p. 21,

[3] 例如，卞之琳的诗句“伸向黄昏的道路像一段灰心”（《归》）让人想起艾略特的“街巷接着街巷像一场用心诡诈冗长乏味的辩论 / 要把人引向一个令人困惑的问题……”（艾略特：《J. 阿尔弗雷德·普鲁弗洛克的情歌》汤永宽译，《情歌·荒原·四重奏》，上海译文出版社 1994 年版，第 4 页）。

"卖不了什么也得走走。"[1]

年轻的诗人在 20 世纪 20 年代的中国北方所体会到的厌倦、失望和徒劳的情绪，通过一幕日常生活场景的客观化转换而显现出来。抒情"我"是缺席的，隐藏在字里行间。作为三教九流的聚集之所，茶馆展示了生活中活跃、有趣的一面。可是一场大雨让一切陷入停滞。首当其冲的是一些小人物：贩夫走卒、"骆驼祥子"以及所有必须沿街讨生活的底层民众。他们只能听命运的安排，除了等待别无选择。这首短诗的头四句中，每一句都有一个角色或者人物出场，后两句是以对话的形式收尾。一个卖烧饼的老人和一个等候在茶馆门前的熟人展开了这场对话。老人看上去是其中唯一的一位不顾恶劣天气依然上街卖货的商贩。不过，他的一句回答"卖不了什么也得走走"透露了实情：与其说是果敢地应对挑战，不如说是失望之余的听天由命。苦雨之下，百无聊赖，而茶馆的老板干脆"懒得没开门"。此处类似于艾略特和波德莱尔的作品，是对"游荡者"的角色进行了美学化的处理。第四句诗"一把伞拖来了一个老人"，令大雨滂沱之中举步维艰的老者形象跃然纸上。一个"拖"字及主语、宾语的倒置，以一种诙谐和荒谬的方式凸显了命运的无常和人性的异化。

卞之琳绝不追求同情或者社会批判的审美表达，而是展现他所处时代的共有的情绪和世界观的基石。他的意图在于：将主观感受到的时代精神转移到各种生活场景和人物身上，以诗的名义通过角色的内心发声。米歇尔·汉伯格（Michael Hamburger）将现代诗的这道工序定义为："面具的庇护，由此而将孤独的个体转变为芸芸众生，将自我同一性的缺失转变为正面意义的存在的多样化或者普遍性。"[2]卞之琳本人称自己的戴面具和客观化倾向是"不由自己，打上了三十年代的社会印记"[3]。这也是一种艺术行为，以一种社会同情和非个人化的视角切入现实，却并不伤害"纯诗"的原则。"我"变成了形形色色的人：从街头"小人物"到前线"狙击手"，总是置身于日常

[1] 卞之琳：《苦雨》，《雕虫纪历》，第 40 页。

[2] Michael Hamburger, Die Dialektik der Modernen Lyrik, München: Paul List Verlag, 1972, S. 87.

[3] 卞之琳：《自序》，《雕虫纪历》，第 3 页。

事件之中，亲密地接触人群，是他们当中的一员，同时也是观察者，作为广阔视野里的现实的目击者，探求生活的意义。在下面的这首小诗《几个人》中，“我”扮演成“一个年轻人在荒街上沉思”，而他沉思的内容，从“元诗”的角度来看也是这首诗的内容，正是主观上的内心焦灼和精神危机，这些在诗中却客观化地呈现为街上的生活图景：

叫卖的喊一声“冰糖葫芦”，
吃了一口灰像满不在乎；
提鸟笼的望着天上的白鸽，
自在的脚步踩过了沙河，
当一个年轻人在荒街上沉思。
卖萝卜的空挥着磨亮的小刀，
一担红萝卜在夕阳里傻笑，
当一个年轻人在荒街上沉思。
矮叫花子痴看着自己的长影子，
当一个年轻人在荒街上沉思：
有些人捧着一碗饭叹气，
有些人半夜里听别人的梦话，
有些人白发上戴一朵红花，
像雪野的边缘上托一轮落日……[1]

客观化进程中人与人之间关系的进阶，也是冯至十四行诗的特征。内心世界对他而言不再只是私密空间，而是不可避免地关系到他人——无论亲疏远近。“我”不是只与这人或那人有关，而是与所有人有关。“我”也由此变成了“我们”，“被映在一个辽远的天空”[2]，在别人的梦里显得“这般真切”：一切都与一切人有关。《十四行集》第二十首预示了这种神秘的视角：

---

[1] 卞之琳：《几个人》，《雕虫纪历》，第45页。

[2] 冯至：《十四行二十七首·二十》，《冯至选集》第1卷，第142页。文中所引《十四行二十七首·二十》均出于此。

有多少面容，有多少语声
在我们梦里是这般真切，
不管是亲密的还是陌生：
是我自己的生命的分裂，

可是融合了许多的生命，
在融合后开了花，结了果？
谁能把自己的生命把定
对着这茫茫如水的夜色，

谁能让他的语声和面容
只在些亲密的梦里索回？
我们不知已经有多少回

被映在一个辽远的天空，
给船夫和沙漠里的行人
添了些新鲜的梦的养分。

冯至在他的《十四行集》中持续将“我”泛化成“我们”，与大众和百姓站在一起，不显得特殊或有贵族气质，而是超越于个人化的“我”，象征着一个强有力的声音，与他人对话，共度时代风雨。他们的心头有“同样的警醒”，肩头有“同样的运命”[1]，他们希望携手前行。这里赞扬的是大敌当前众志成城的齐心协力，痛惜的是日常生活和个人主义又令这种团结精神荡然无存。例如，《十四行集》第七首展示的正是这样一个瞬间：敌机空袭警报时，昆明的市民都躲到郊外。“我们”被喻为“大海”，将“不同的河水”融成一片。从“元诗”的角度来看，这也是自我物化为全诗的高潮，但只要危险过去，就很快恢复原貌：

[1] 冯至：《十四行二十七首·七》，《冯至选集》第 1 卷，第 129 页。文中所引《十四行二十七首·七》均出于此。

和暖的阳光内
我们来到郊外,
像不同的河水
融成一片大海。

有同样的警醒
在我们的心头,
是同样的运命
在我们的肩头。

要爱惜这个警醒,
要爱惜这个运命,
不要到危险过去,

那些分歧的街衢
又把我们吸回,
海水分成河水。

二、传统与“历史的意识”

除了“客观对应物”理论,卞之琳也对艾略特所阐发的传统、艺术家个人与传统的关系以及个性在创作中发挥的作用很感兴趣。上述诗学观点见诸艾略特发表于1917年的名篇《传统与个人才能》[1]。卞之琳大约也是认识到这篇论文对于中国新诗建设的重要性和现实意义的第一人,并在1932年将之翻译成汉语[2]。

艾略特视传统为一个活着的、有机的整体,其中,过去和现在通过艺术

[1] T.S.Eliot, “Tradition and Individual Talent”, in Collected Essays. pp. 13—22.

[2] 艾略特:《传统与个人的才能》,卞之琳译,载《学文》第1卷第1期,1934年5月1日。

家有意识地占有而彼此获得滋养。一位艺术家不应仅仅将他的眼光、审美趣味、思想与创造的潜力局限于他所处的时代，对他而言，从荷马直至20世纪的整个西方文化和文学传统都必须是一个同时的存在。传统绝不只是属于过去，而更多的是一个动态的秩序，这个秩序检测着每一部新作，同时也因新作被添加进来而发生着变化。没有艺术家能够绕过传统："诗人，任何艺术的艺术家，谁也不能单独地具有他完全的意义。他的重要性以及我们对他的鉴赏就是鉴赏他和已往诗人以及艺术家的关系。"[1]为了进入传统，艺术家必须培养"历史的意识"，因为传统"不是继承得到的，你如要得到它，你必须用很大的劳力。首先，它含有历史的意识"[2]。这种"历史的意识"要求艺术家不但要理解过去的过去性，而且还要理解过去的现存性，自相矛盾地使一个作家"最敏锐地意识到自己在时间中的地位，自己和当代的关系"[3]。

卞之琳从艾略特那里认识到一个事实：本国文化传统中文学与哲学的成就对于新诗的现代性进程来说并不是一个阻碍，反倒是一个必要的帮助。而在20世纪20年代中后期直至30年代，与卞之琳所见略同的还有许多重要的诗人和理论家，如闻一多、朱湘、戴望舒、何其芳、废名、梁宗岱以及冯至等，他们都重新发现了"传统"。他们对西方现代派，诸如波德莱尔、瓦雷里、艾略特、庞德或里尔克了解得越多，便越能深切感受到实验风格和现代主义不一定会与古典诗韵产生龃龉，追求创新也并不意味着要与传统脱节，而是包含着对旧诗的批判性和创造性的延续。不同于胡适、刘大白等第一代中国新诗写作者的反传统姿态，闻一多提出，新诗"不但新于中国固有的诗，而且新于西方固有的诗；换言之，它不要作纯粹的本地诗，但还要保存本地的色彩，它不要做（作）纯粹的外洋诗，但又要尽量的吸收外洋诗的长处；他（它）要做中西艺术结婚后产生的宁馨儿"[4]。戴望舒认为，"旧的古典的应用是无可反对的，在它给予我们一个新情绪的时候"[5]。废名则表示，与早期白

[1] T.S.Eliot, "Tradition and Individual Talent", in Collected Essays, p. 15.

[2] 同上，P.14.

[3] 同上，P.14.

[4] 闻一多：《〈女神〉之地方色彩》，《闻一多全集》第3册，生活·读书·新知三联书店1982年版，第361页。

[5] 戴望舒：《诗论零札》，《戴望舒诗全编》，浙江文艺出版社1989年版，第692页。

话诗作者相比，20世纪30年代的年轻人态度非常不同，他们“并不是从一个打倒旧诗的观念出发的，他们与中国旧日的诗词比较生疏，倒是接近西方文学多一点，等到他们稍稍接触中国的诗的文学的时候，他们觉得那很好。他们不以为新诗是旧诗的进步，新诗也只是一种诗”[1]。梁宗岱通过对新古典主义先锋瓦雷里的译介，希望将中国新诗引出形式和主题的困境[2]。冯至在里尔克晚期的作品中觉察到古诗新作的重要性，因而呼吁重温“旧日的梦想”（譬如庄子的“鲲鹏”之梦），“去和宁静的星辰谈话”[3]，但同时又提醒人们要“拆除那些颓毁的宫殿，不要让它们长久蒙混纯正的传统”，只有用革命的手段铲除那些障碍物，“最深的传统”才能被挖掘出来[4]。卞之琳也认同冯至的观点，前者深信，一切取决于新诗能否“化古”“化欧”，他写道：

> 我写白话新体诗，要说是“欧化”（其实写诗分行，就是从西方如鲁迅所说的“拿来主义”），那么也未尝不“古化”。一则主要在外形上，影响容易看得出，一则完全在内涵上，影响不易着痕迹。一方面，文学具有民族风格才有世界意义。另一方面，欧洲中世纪以后的文学，已成“世界的文学”，现在这个“世界”当然也早已包括了中国。就我自己论，问题是看写诗能否“化古”“化欧”。[5]

在第二个创作阶段（1933—1937），卞之琳的“化古”“化欧”在实践中取得了很大的成功。他写下了很多短诗，让他名垂诗史。这些诗不仅仅遵守着客观化的要求，还通过在观察中引入双重的维度，生发出“历史的意识”。由此一来，被展现的外部世界除了指涉当下和现代，还包含着历史原型。卞

[1] 参见冯文炳《谈新诗》，人民文学出版社1984年版，第231页。

[2] 参见梁宗岱《论诗》，《诗与真·诗与真二集》，外国文学出版社1984年版，第30页。

[3] 冯至：《十四行二十七首·八》，《冯至选集》第1卷，第130页，第130页，第130页。

[4] 参见冯至《传统与颓毁的宫殿》，《冯至选集》第2卷，第93—96页。

[5] 卞之琳：《自序》，《雕虫纪历》，第18—19页。

之琳懂得如何巧妙地添加诗词典故，化文言的腐朽为现代的神奇。这些古语使得日常场景产生了一种陌生化效应，让现实显得奇幻而富有魔力，并不断地提醒读者：他是一个有历史的人，那种亘古不变的人性层面的文化传承是有效的，即使在急剧变革的年代依然能够保留下来。除了《距离的组织》《圆宝盒》《断章》《尺八》和《半岛》，《音尘》也属于这一阶段的佳作：

绿衣人熟稔的按门铃
就按在住户的心上：
是游过黄海来的鱼？
是飞过西伯利亚来的雁？
“翻开地图看，”远人说。
他指示我他所在的地方
是那条虚线旁那个小黑点。
如果那是黄金的一点，
如果我的座椅是泰山顶，
在月夜，我要猜你那儿
准是一个孤独的火车站。
然而我正对一本历史书。
西望夕阳里的咸阳古道，
我等到了一匹快马的蹄声。[1]

诗名看上去就很奇怪：卞之琳借用了传统的一个诗词术语，有意赋予文本“历史的意识”。文言用词“音尘”的意思是“音讯”“消息”，实为驿马传书时代人与人之间通讯往来的一个形象化的描述。这幕被唤起的画面非常生动地再现了日夜兼程的信使疾驰在古老的驿道上，扬起的声声马蹄和阵阵尘土。在古典诗词中，“音尘”通常蕴含着朋友、恋人和亲人之间因相距遥远而音讯难通的分离之痛。与这首诗形成互文关系的是唐代诗人李白的词《忆秦娥·箫声咽》：

[1] 卞之琳：《音尘》，《雕虫纪历》，第66页。

箫声咽，秦娥梦断秦楼月。
秦楼月，年年柳色，灞陵伤别。

乐游原上清秋节，咸阳古道音尘绝。
音尘绝，西风残照，汉家陵阙。[1]

卞之琳不仅援引了李白词中的“古道”“咸阳”“音尘”等文言词汇，还一并挪用了其中暗含的历史意识。在李白笔下，历史的沧桑感是透过离别之后的音讯全无（“音尘绝”）、改朝换代（“汉家陵阙”）过程中个人命运的风雨飘摇来表现的，凸显了人与历史的关联。不同于李白所展示的那片杳无人烟的旷达之境，卞之琳的世界住着言说的“我”——收信人和寄出明信片的“你”——远方的一位朋友，还有一位绿衣邮差，他带来了游踪不定的友人的信息。而在推测友人最新动向的两句提问中，卞之琳将古代用以形容书信的“鱼雁”拆解成了“鱼”和“雁”，让这两个意象从虚拟变得真实，但同时也消解了二者之间的对立性，具有了超现实主义的意味。朋友到底身处何方？他在海外，在异国，在一个像西伯利亚那样对于言说的“我”来说显得陌生的地方。“我”从一个广博而又未知的国度收到了一条讯息，显示出远人的位置在地图上好比“虚线旁那个小黑点”。类似的比照也常见于古典诗词绘画，体现了道家的人生观[2]：在海纳百川、浩瀚无边的大自然面前，个人看上去是渺小的、不起眼的。这是对自身主体性的放弃的一种隐喻性的说明，因为和谐之道远高于一切。对于存在的生活空间，个人也无权占有，最多只能从中生发一种处之泰然的意识：短暂的生命永远无法超越周边的环

[1] 李白：《忆秦娥》，《李白杜甫诗全集》，北京燕山出版社1995年版，第215页。

[2] 例如柳宗元的诗《江雪》：“千山鸟飞绝，万径人踪灭。孤舟蓑笠翁，独钓寒江雪。”在千山万水的远景衬托之下，蓑笠翁的孤单身影与大自然相比愈发显出人类的微不足道。更进一步说，蓑笠翁是一个常规意义上的道家的化身，退隐官场，回归山野，他在寒江雪中独自垂钓的无用的努力，折射出他对成败的无动于衷。对于一个道家来说，生与死、春与冬以及日与夜都是相对的概念，并非截然相反。荒凉的景色暗示的不是悲哀，而是自我的放逐。

境。至于安身立命之所，杜甫曾经自问自答道："飘飘何所似，天地一沙鸥。"[1]这种独白式的心平气和，却又带着几分自嘲口吻的自我定位的游戏，也可在卞之琳的这首诗中寻见，这也属于他的互文意图的一部分。

当诗中写到泰山——中国北方第一山时，随之唤醒的是深得传统精髓的一个视角、一种观察的哲学。在这里，卞之琳再次向杜甫靠拢："会当凌绝顶，一览众山小。"[2]这是一种让熟悉的事物显得陌生的视角，对于真实的感知、对于绝对的主观要求都被赋予了相对的意义。相对主义是理解庄子哲学的关键：大与小、长与短、我与你、人与物若是换一个角度观察，都将指向变化着的、千差万别的结果[3]。作为道家思想的开路人，庄子的著述也具有极高的文学价值，对于后世来说是一个永不枯竭的灵感源泉。同杜甫一样，卞之琳也深受庄子哲学的影响，特别是《齐物论》，被他视为精神成长史上的重要一课[4]。

同样也是在相对的视角中，卞之琳继续写出下面的诗句：从泰山顶象征性地望向无限的远方，月夜中的一个火车站——友人所处的位置，在他眼中想必是庞大的建筑，而在万里之外的遥想者看来却只是闪闪发光、极其微小的黄金的一点。反而言之，"我"所处的位置，在他看来想必也只是一粒微缩的尘埃——倘若尚未消失不见。由具体事物升华而成的认知到了诗的结尾突然有了一个戏剧性的转折：邮差按门铃的声音打断了"我"的思绪，将"我"从一本历史书的语境中拉了出来。如此突然，以至于遁入幻觉，混淆了古代与眼前的现实：咸阳古道的一匹快马的蹄声送来了一封期盼已久的信。幻想、过去与现实融为一体，令先前所述的一个关于地点的疑问有了一个时间的解答。换句话说，空间和时间并非并行不悖、井水不犯河水的两个抽象名词，而是可以取决于彼此、融合成一体的相对性的存在。在相对主义的宇宙中，人的形象、"我"的主体性和同一性、向前发展的现代性（火车站的意象）、陌生与熟悉、传统与当代、个人与历史、原创与接受，几乎所有用惯常的眼光来看都包含着矛盾性和对立

[1] 杜甫：《旅夜书怀》，冯江五选注《杜甫诗选》，万里书店 1980 年版，第 70 页。

[2] 杜甫：《望岳》，《杜甫诗选（汉英对照）》，李惟建译，四川人民出版社 1985 年版，第 9 页。

[3] 参见庄子《齐物论》，陈鼓应《庄子今注今译》，中华书局 1983 年版，第 32—92 页。

[4] 卞之琳：《成长》，《沧桑集》，江苏人民出版社 1982 年版，第 17 页。

性的概念，似乎在紧迫的真相声明中都互相抵消，被引向一片和谐的静谧。此时，从一个古老的视角和历史意识的深处想象出来的一封来自文化传统的信获得了重生，并在卞之琳的诗中产生了现代的诗意。

这封想象的信就像一个从“旧日”和“星辰”飞来的“梦想”，在我们中间寻找着收件人。冯至就是以这种方式来表现传统在持续发挥着作用的[1]。这封信不可能“投身空际”，化作“远水荒山的陨石一片”[2]。而事实上收到这封信，并获得历史意识的人会因这笔文化遗产而拓展了格局，抛弃自身的“小我”。对传统的渴望就是对“非个人化”、抒情主体“崇高化”以及天人合一的古老理想的渴望：“给我狭窄的心 / 一个大的宇宙！”[3]从这个意义上来说，传统给予冯至“无穷的神的力量”，不畏时代变迁，或者说恰恰是因为改朝换代、历经考验而更能鼓舞人心。例如，他在一首致杜甫的诗中这样写道：

你在荒村里忍受饥肠，
你常常想到死填沟壑，
你却不断地唱着哀歌
为了人间壮美的沦亡：

战场上健儿的死伤，
天边有明星的陨落，
万匹马随着浮云消没……
你一生是他们的祭享。

你的贫穷在闪烁发光
像一件圣者的烂衣裳，
就是一丝一缕在人间

[1] 冯至：《十四行二十七首·八》，《冯至选集》第1卷，第130页。
[2] 同上。
[3] 冯至：《十四行二十七首·二十二》，《冯至选集》第1卷，第144页。

也有无穷的神的力量。
一切冠盖在它的光前
只照出来可怜的形象。[1]

与卞之琳不同的是，冯至的诗中没有明显的引经据典的痕迹，取而代之的是一种结构上的借鉴，其源头首先追溯到里尔克或歌德，但进一步分析，又指向古老的传统国学：庄子、孔子或《易经》。在十四行诗中，冯至多次提到生命的轮回、生生不息的个人命运，并为存在而歌唱。就像里尔克的《杜伊诺哀歌》那样，冯至也赞美"变幻"，但二者之间的根本差异在于：里尔克将之理解为一种超验的、神性的力量，而冯至却以为这是内在所固有的自然事件——只要他没有失去与宇宙的联系，便能时时在内心体验，而不是在外部发生。正是这种与生俱来的关联性——其中，人并非万物之主，只是宇宙的一部分，而全部宇宙是他自身存在的一面镜子——使他获得了"新生"或者唱出了"歌声"：

这里几千年前
处处好像已经
有我们的生命；
我们未降生前

一个歌声已经从变幻的天空，
从绿草和青松
唱我们的运命。

我们忧患重重，
这里怎么竟会
听到这样歌声？

看那小的飞虫，

[1] 冯至：《十四行二十七首·十二》，《冯至选集》第 1 卷，第 134 页。

在它的飞翔内
时时都是新生。[1]

三、“水”作为客观化的宇宙意象

卞之琳和冯至都表现出抒情“我”与宇宙中一种基本元素的密切关联，这种元素便是水[2]。水因其投影能力而象征着自然内在的认知力，也倒映出人类的聪明才智和认识自己的渴望。冯至将之看作是“泛滥无形”的存在的证明，希望创作就像是从一片水里“取来椭圆的一瓶”[3]。卞之琳每每谈到“水”的意象，总是联想起“心得”“道”“知”“悟”或“beauty of intelligence”[4]。这些词通过对“水”的观察而获得，指涉主体的自我反思。“水”的哲学源自孔子[5]。子曰：“知者乐水……知者动。”[6]水承载着太多以往的诗意的瞬间，凝聚着历代先贤和传统文化的情感，令卞之琳不禁发出由衷的喟叹：

“水哉，水哉！”沉思人叹息

---

[1] 冯至：《十四行二十七首·二十四》，《冯至选集》第 1 卷，第 146 页。

[2] 通过研究抒情主体与宇宙基本元素，如水、火、气、金之间的紧密联系来解读神秘诗学是加斯东·巴什拉（Gaston Bachelard）建议的一种方法，参见 Gaston Bachelard, La Psychanalyse du feu, Paris: Garllimard, 1938; L’ Air et les Songes, Paris: Corti, 1943。而当代的一个令人印象深刻的尝试是玛丽·安·考斯（Mary Ann Caws）用基本元素来阐释勒内·夏尔（René Char）的诗。参见 Mary Ann Caws, René Char, Boston: Twayne Publishers, 1977, pp. 74-136.

[3] 冯至：《十四行二十七首·二十七》，《冯至选集》第 1 卷，第 149 页。

[4] 参见卞之琳《关于〈鱼目集〉》，刘西渭（李健吾）《咀华集》，花城出版社 1984 年版，第 117 页。

[5] 有学者认为，卞之琳的自然意象也是受到了道家的影响。Cf. Lloyd Haft, Pian Chih-Lin, a Study in Modern Chinese Poetry, Dordrecht-Holland/Cinnaminson-U.S.A., 1983, pp. 41-42; Michelle Yeh, Modern Chinese Poetry: Theory and Practice since 1917, New Haven: Yale University Press, 1991, pp. 119-120.

[6] 杨伯峻：《论语译注》，中华书局香港分局 1984 年版，第 62 页。

古代人的感情像流水，
积下了层叠的悲哀。[1]

这样的水可以塑造人、教育人，只要他足够聪明，学习水的优长，并将之转化为一种生活态度。卞之琳的诗《鱼化石》是写给水的爱的宣言。抒情主体或人类智慧在这里装扮成一条鱼的样子。在这场关于爱的讨论中[2]，抒情“我”表达了他对爱人之间鱼水和谐的愿望：

我要有你的怀抱的形状，
我往往溶化于水的线条。
你真像镜子一样的爱我呢。
你我都远了乃有了鱼化石。[3]

水对于“鱼”来说是存在的必需，其映像功能如爱一般有助于鱼的自我认知，从而导向一种彼此之间相互依存的和谐关系。这种彼此之间的和谐在于水对鱼的塑造并非存在方式的强迫改变（如鱼的外观形态和游动姿态），而是任其遵照原本的样子发展自身。在鱼看来，水的形状就是他自己的形状，像一个值得追求的“怀抱”，置身其中，渐渐“溶化”。根据卞之琳本人的注释，大千世界中小我变迁，这首诗是对“生生之谓易”这种状态的生命的赞叹[4]。

对于水的爱——爱其自我映照和反射功能，形成了一种诗意的眼光，使得诗人在审视人与人之间的相互关系时进入了一种唯有在透视或相对的情况下才存在的现实。卞之琳常常在观察近水之人的时候采用这种视角，譬如下面的这首《断章》：

[1] 卞之琳：《水成岩》，《雕虫纪历》，第 162 页。
[2] 鱼和与之相关的词，如“钓鱼”“渔网”等，从《诗经》开始就是爱和性的隐喻。卞之琳显然深知这一点，更何况他的老师闻一多还对此有过精彩阐释（参见闻一多《说鱼》，《闻一多全集》第 1 册，第 117—138 页）。
[3] 卞之琳：《鱼化石（一条鱼或一个女子说：）》，《雕虫纪历》，第 167 页。
[4] 参见卞之琳《鱼化石（一条鱼或一个女子说：）》，《雕虫纪历》，第 167 页。

你站在桥上看风景，
看风景人在楼上看你。

明月装饰了你的窗子，
你装饰了别人的梦。[1]

人类择水而居，繁荣兴盛。但与此同时，也会意志消沉，自我封闭。淙淙流动的水在永恒的动态中无动于衷地见证着生命的徒劳和易逝。《古镇的梦》表现的正是这种几近干涸的生活状态，因为波澜不惊的日常已经让人们失去了与水的交流：

小镇上有两种声音
一样的寂寥：
白天是算命锣，
夜里是梆子。[2]

这两种“声音”象征着人类对水以及生命本真的视而不见：一面是算命的盲人，预言命运的走向，却无法看到人与所处的宇宙背景之间的视觉关联；另一面是夜巡的更夫，守卫财产的安全。与之相对的还有第三种“声音”，便是“桥下流水的声音”：

是深夜，
又是清冷的下午：
敲梆的过桥，
敲锣的又过桥，
不断的是桥下流水的声音。[3]

[1] 卞之琳：《断章》，《雕虫纪历》，第 64 页。
[2] 卞之琳：《古镇的梦》，《雕虫纪历》，第 53 页。
[3] 卞之琳：《古镇的梦》，《雕虫纪历》，第 54 页。

人们已经辨不清时间的区隔，“深夜”和“下午”没有什么分别，“不断”的流水声提醒着人们，生命易逝而徒劳。如果这个信号完全是空掷，并没有引发人们的反思，水便会中断与人们的通讯，漠不关心、毫不在乎地旁观一切。它的独特的“声音”（一开始是“声音”），到了文本的末尾就变成了无法理解的、自然的“杂音”。

在儒家看来，“天人合一”就是人类原初的、内在的良善和智慧被全知全能的宇宙的光照亮。卞之琳和冯至都采用现代手法来处理这一古老命题。两人十分关注人与人之间的行为方式，其作品的背景也常常与水有关。水警示着现代人的离群索居、存在的冷漠与孤独，希望唤醒人们关注这一问题，并克服这种状态。冯至的《十四行集》第五首表现的是“西方的那座水城”，即隐喻意义上的威尼斯，那里的每个居民都住在自己的“寂寞”里，毫无生机地倒映在水中：

我永远不会忘记
西方的那座水城，
它是个人世的象征，
千百个寂寞的集体。[1]

然而，当居民们意识到“一个寂寞是一座岛”，将他们彼此分离，便用行动结束了这种自闭状态，缔结了相互之间的友谊。沟通心灵的桥同时也是横跨岛屿的桥：

一个寂寞是一座岛，
一座座都结成朋友。
当你向我拉一拉手，
便象一座水上的桥；

---

[1] 冯至:《十四行二十七首·五》,《冯至选集》第1卷，第127页。文中所引《十四行二十七首·五》均出于此。

心怀坦荡的友谊与爱像“岛”上开了一扇窗户，人们可以从中探出头来，互相张望，彼此呼唤。水上的居所也变得富有生机和人情味儿：

当你向我笑一笑，
便像是对面岛上
忽然开了一扇楼窗。

是，所有这些美好的时刻并非持久而稳定的人际关系。如同《十四行集》第七首所写的那样，单个的人重回孤独，就像“海水分成河水”，此处也有类似的结局：门窗紧闭，桥上的人们也踪影全无。水不再是我们短暂存在的见证，而是冷漠无言的事物，退回到背景中，几乎不让人察觉到其在场：

只担心夜深静悄，
楼上的窗儿关闭，
桥上也断了人迹。

卞之琳的《半岛》也是以水意象为中心，点化了心灵相通的美妙瞬间。卞之琳自陈这是一首情诗。1937 年，他与一个三年多前初次结识、心有灵犀却擦肩而过的女孩不期然间再次重逢，“发现这竟是彼此无心或有意共同栽培的一粒种子，突然萌发，甚至含苞了”[1]。他自嘲说，隐隐中“又在希望中预感到无望，预感到这还是不会开花结果。仿佛作为雪泥鸿爪，留个纪念”[2]，成为他写下一系列情诗的动因。《半岛》正是其中一首，写得非常隐秘。不过，若是将“水”的象征寓意在人与人之间的交往层面做深入考察，便也不难理解其中的意味：

半岛是大陆的纤手，
遥指海上的三神山。
小楼已有了三面水

---

[1] 卞之琳：《自序》，《雕虫纪历》，第 8 页。

[2] 同上。

可看而不可饮的。
一脉泉乃涌到庭心，
人迹仍描到门前。
昨夜里一点宝石
你望见的就是这里。
用窗帘藏却大海吧，
怕来客又遥望出帆。[1]

言说者将水分为两种：海水和泉水。第一种代表迄今沉默而无言的爱，可看而不可饮。第三句暗示言说者是住在半岛的一座楼上，从地理位置来看，距离他的心上人不远。而在接下来的一句，情况突然有了一个不易察觉的好转："一脉泉乃涌到庭心，/ 人迹仍描到门前。"水以泉的形式抵达了庭院深处（主人的内心），与此同时出现的还有门前留下的脚印："你"拜访了言说者。似乎他们之间有所交流：言说者终于对"你"表白了爱。自第七句起，第二人称的表述指明了真实的、直接的"你"的现身，与言说者进行了对话，沉默被打破，变成了庭心涌动的汩汩泉脉。诗的最后，相爱之人说出他们共同的心愿：永远不失所爱，不再重新陷入无言的陌生状态——这里是用不可饮的"海水"象征那种说不出口的不确定性和恐惧。

扬帆出海、逆水行舟，这些在卞之琳的诗中大多有着正面意义，代表着"精神的追寻"。也可以从儒家的象征意义上解读为：水是动态的，永无止息地向前奔流，每时每刻都是新的。我们的求知和得道过程也应该是这样。子曰："道不行。乘桴浮于海。"[2] 对孔子来说，这种追寻始终伴随着一种意识，即自我和个人的生命不容抗拒地消逝在不停流走的时光里。只要站在河岸，注视着滔滔流水，就能被一个诗意的瞬间捕获：

子在川上，曰："逝者如斯夫！不舍昼夜。"[3]

[1] 卞之琳：《半岛》，《雕虫纪历》，第 71 页。
[2] 杨伯峻：《论语译注》，中华书局香港分局 1984 年版，第 43 页。
[3] 杨伯峻：《论语译注》，中华书局香港分局 1984 年版，第 43 页。

但人类命运从来不止于短暂易逝。认识到这一点，便要积极行动，有所建树，即“朝闻道，夕死可矣”[1]。在儒家知识分子看来，“立言”著书，以传后世，是乐天之为。在这个意义上，冯至将创作视为寻找或带给我们短暂存在的证明。卞之琳则以“水边人想在岩上刻几行字迹”[2]来描绘诗人的形象。两位诗人都想到要为生命留痕，并且通常是围绕着水的意象来映射他们自己的写作。水变成了自我反思的诗学的核心。下面我们将分别就两位诗人各自一首有特色的“元诗”来展开评述。

卞之琳的《圆宝盒》首先是以一次航行或水上的探寻与《论语》建立了互文关系。而晶莹圆润的珍珠又令人联想起禅宗借珠串隐喻人与物的神秘一体性。卞之琳希望得着一只“圆宝盒”，或者说，找到一首诗，字字珠玑，“掩有全世界的色相”：

我幻想在哪儿（天河里？）
捞到了一只圆宝盒，
装的是几颗珍珠：
一颗晶莹的水银
掩有全世界的色相，[3]

卞之琳声称，尽管这首诗源自诗人的内心想象，呈现的并非天国的镜像，而是此岸的、尘世的昙花一现的现象，但正是在千变万化、可感可知的形式中，某种超验性的、超维度的东西，如时间、命运，变得可见了。卞之琳希望完成一种内在的、超验的创作，虽然主题和技法是现代的，但本质却依然是传统的、中式的。他罗列了一系列人世的生活场景，来“反照”一个“珠”字；随后，又手段高超地利用视觉上的水的反射效应，让此岸的存在被彼岸的“蓝天”搂在“怀里”。由此一来，诗美立现，天空与大地、词与物、宇宙与人都融成一片：

---

[1] 杨伯峻：《论语译注》，中华书局香港分局 1984 年版，第 92 页。

[2] 卞之琳：《水成岩》，《雕虫纪历》，第 162 页，第 162 页。

[3] 卞之琳：《圆宝盒》，《雕虫纪历》，第 164—165 页。文中所引《圆宝盒》均出于此。

一颗金黄的灯火
笼罩有一场华宴，
一颗新鲜的雨点
含有你昨夜的叹气
……
别上什么钟表店
听你的青春被蚕食，
别上什么古董铺
买你家祖父的旧摆设。
你看我的圆宝盒
跟了我的船顺流
而行了，虽然舱里人
永远在蓝天的怀里，

最后，卞之琳说起这首客观化的诗（《圆宝盒》），就像是说起宇宙意象，如：水映照着人与宇宙的契合之光。如同冯至的《十四行集》第五首，卞之琳也用“桥”来隐喻人的原初的、内在的善与宇宙之间的圆融一体。这种共同的善——仁，连同宇宙的基本法则——理，表现为人道和人与人之间的爱，这让宇宙变成了一座桥，一首普遍意义上的诗：

虽然你们的握手
是桥——是桥！可是桥
也搭在我的圆宝盒里；
而我的圆宝盒在你们
或他们也许也就是
好挂在耳边的一颗
珍珠——宝石？——星？

卞之琳的“圆宝盒”好比冯至的《十四行集》第二十七首中的“椭圆的一瓶”，诗人“从一片泛滥无形的水里”取来，让无法定形的事物“得到一个定形”。在这里，契合的原则也存在于诗与水、人与宇宙之间。不过，冯至的“元诗”表述与卞之琳的有着微妙的不同：冯至侧重于强调行动，而卞之琳更信任诗人的天赋，单凭自省就能反观外界和宇宙的投影。卞之琳的诗像是原始状态的水，恰恰是这份本真令其映照一切。冯至则更多的是将写诗视为形式化、审美的行为：

从一片泛滥无形的水里
取水人取来椭圆的一瓶，
这点水就得到一个定形；
看，在秋风里飘扬的风旗，

它把住些把不住的事体……[1]

不过，必须了解的是，冯至并不认为审美主体就是高高在上的精英翘楚，如同西方象征派通常所理解的那样，把世界当成写诗的材料。在冯至眼中，诗人的“心”和宇宙的万事万物并没有什么区别，好比“草木”“黑夜”“光”“秋风”和“水”。“心”并不存在于世界之外，也不高于万物，也不对立于外部。“心”就是外部，就是宇宙，就像宋代和明代的新儒学所宣扬的那样。冯至在这里表达得很清楚：“心”也会与其他元素一起失落，假如没有“定形”。而失落的心不可能再赋予任何事物形式。“心”或主体不代表艺术家对材料行使任何主权意义上的权利。形式是艺术家为己、为物所谋求的，绝非主观发明，而是遵循着宇宙与人的固有的客观规律。冯至称创作的任务是“发现”[2]，发现普遍的、根本的“理”，“理是成物之文，即形式之谓”[3]，诗人由此是一个发现者。只要他正确观察并阐明了外部世界的“理”与“文”，也就发现了关于他自己的终极真理。说出这种发现，“诗”便成了，就像是一面风旗、一瓶水，把住一些若无这种发现便无从把住的事体：

[1] 冯至：《十四行二十七首·二十七》，《冯至选集》第 1 卷，第 149 页。
[2] 冯至：《十四行二十七首·二十六》，《冯至选集》第 1 卷，第 148 页。
[3] 张岱年：《宇宙与人生》，上海文艺出版社 1999 年版，第 387 页。

让远方的光、远方的黑夜
和些远方的草木的荣谢，
还有个奔向无穷的心意，

都保留一些在这面旗上。
我们空空听过一夜风声，
空看了一天的草黄叶红，

向何处安排我们的思、想？
但愿这些诗象一面风旗
把住一些把不住的事体。[1]

*本文为德国特里尔大学文学哲学博士张枣的博士论文《现代性的追寻：论1919年以来的中国新诗》（Auf die Suche nach poetischer Modernität: Die Neue Lyrik Chinas nach 1919）中的第五章《传统与实验：卞之琳和冯至的客观化技巧》（Tradition und Experiment: Das Verfahren der Objektivierung bei Bian Zhilin und Feng Zhi）。

（选自《文艺研究》2019年第7期）

[1] 冯至：《十四行二十七首·二十七》，《冯至选集》第1卷，第149页。

因凝视而领受的微凉：读泉子的诗

/ 李建春

当我们谈论一个诗人的孤往时，先要了解他的背景的广阔度；当我们面对一个诗人的复杂面貌时，最有效的途径莫过于寻求他所悟的诗性的一。一与多需要统一起来，正如死与生、空与有、道与欲、精微与广大。《中庸》上说："苟不至德，至道不凝焉。故君子尊德性而道问学，致广大而尽精微，极高明而道中庸。"我就以这段话为准绳，默度诗人泉子通过他的修悟，而造诣、发明的道性。道在分际之处是微妙的，而这恰好是真正的诗所擅长。所谓的风格，当明确下来：风格本质上是一种道风，而不是无诚的修辞造成的假象（《易经》："修辞立其诚"）。因为道是源头，道性的诗人，必定有成为源头的意志。从这些年的交往中，从对他诗的阅读中，我所感受到的诗人泉子，或许可从这个维度谈一谈。但我只点到，不能展开。在诗性上成为源头，除对个人诗风的辨认外，亦必有道性的确认，对由诗而道、由道而诗过程的体认。泉子年纪虽轻，诗艺含泓未广，但他已通过他的生活、视野和日益明澈、沉潜的语言为自己找到了一条清源之路——清源者必成为新源。泉子的生活其实比较单纯，长期在一个"非文化单位"，他做过倾向于知识分子派（这个概念有点落伍，但找不到更好的词）的诗刊《诗建设》的主编七年。此外他还是艺术评论家，对中国画的欣赏造诣很深。这三个背景对于理解他的诗很有用。第一，他对人事的理解有一种普通人的、常识的视角，他的叙述没有知识分子的启蒙心态，对人情世故的理解准确而生动，一语见底。他在一个单位长期不动，却可谓见多识广。也唯其不动，静而久，才看得清因果，洞察过眼的人事。这个品质已充分体现于他的叙事诗中，他把在单位的亲历亲闻，自然而然写下来，似乎没有多少批判意识，却反而成为他的写作中最动人的部分，因他写下的是“事实”，这是当代诗最难企及的品质。第二，泉子的诗似乎开启于网络时代，先天地带有散文的特征，源于 80 年代的强调单行词语间张力的现代主义诗歌对他甚少影响，影响过他的主要是 90 年代诗人中的知识分子派，及其背后的西方译诗。他的语法复杂，句子长，经过长期的、东方内蕴的熔炼，已成为他展开诗意的独特方式。第三点，他的关键意象，与对元明清的文人画和书法的感受有关，比如雪景图的荒凉，枯中见润，涩中见劲，寂寞而广大，等思想。由于文必先秦、诗必唐宋的偏见，当代人除非通过文人画，很难领略近古的精神，而泉子却能够，这源于他的中国艺术修养。或许最终也使他倾向于出世法，读《金刚经》的习惯，在学院派中是没有的。但是他采纳了知识分子对待宗教的态度，不正式入教，也读基督教的经典，用外来宗教的观点看待中国文化，把儒家看成是“世俗的”（这真是喧宾夺主、以紫惑朱，我有责任指出）。泉子在他的诗中说，他的写作是一种“东方式辨认”，这里的东方，不止是中国，当指整个佛教文化圈。

泉子可称为玄学诗人——介于魏晋玄言诗与英国玄学诗之间的当代玄学诗。魏晋玄学的兴盛，源于曹氏、司马氏破坏礼法，及在佛教刺激下道教的兴起，清谈名理，奇气高节，发现了风物与玄言的关联，因为玄言需要脱离枯淡，附托于物，附托于行，谢灵运的隐逸之行是多么激进，惹人物议，他的身份与志趣是分裂的。只有陶潜才是诗行合一，平淡甘醇。与当代共同的地方是儒家的衰落，及在外来文化刺激下义理的激荡。泉子具有隐逸性，不过他是隐逸于、或者说为当代诗发现了自己的小家庭、生活环境，泉子善于用他最切身的资源、自然有爱心的行持而入玄，观生观死，心游太虚（他主要是写这些）。英国玄学诗在两个或多个不相干的概念之间论证基督教文化中的某些主题，比如用情色意象赞美圣洁的美德，跌宕紧张，故作惊人之语。泉子的短诗在两个对立的概念之间获得统一，甚至互相证明，在感受向对立面发展和人世风景的卷入中，用得上来自译文的、书面的语法，使歧出、修饰的副句成为精微之处展开的褶皱。近义词、反义词丛生，甚至同一个词，比如“人世”“荒凉”等在诗中反复出现，却总有一新之感。这表明他体悟之真切。阅读效果类似于抽象艺术的原作感，抽象艺术屏蔽了叙述的兴趣，却通过画面的构成和材料的物性，迫使读者关注艺术过程本身产生的肌理、错觉。泉子短诗的自我说服和鼓励，也有类似的效果。他的每一次重复都是那么惊人，以所感所触入于不变的道：孤绝，因而需要更孤绝，以达喜悦之境；悲欣交集，难以区分。他把对自己生活的爱，这微甜，在义理上无限上升，与广宇相连。他用常人眼中微末的经验造广大之诗。甚至他家里养的一只猫，也被一种专注赋予了语言的光环。这是要克制的。因为诗，兴观群怨，已设置了一种格局，当有足观之物、足群之事，其兴足以壮，其怨足以动容。出世法、隐逸诗的意蕴，与这种格局有一定的冲突，当怎样绕开？有些材料根本就是不足道的，从微入广，以小见大，也很难改变其性质。泉子的短诗兴动之处，自言可与“大地深处生生不息的力”接通。他在西湖畔行走，这历代记忆、审美积淀的石板路、水泥路——被用完了，可到底还是新的！而诗，归根到底，就是这种更新的能力，因此他希望从最熟悉、不可能的地方去试。“才华对应于一种奇崛，/ 而你愿意用这人世全部的奇崛 / 去换得一颗圆融的心。”（《奇崛》）奇崛，即一种悬殊。在事物的朴素面目与其玄义之间建立联系的能力，即才华，由此而通达生活的隐微，知其隐微，方可圆融，因为圆融不是混沌（这是佛、道之别），需要彻天彻地的究竟。

盛夏，梧桐树斑驳的枝干上
仿佛落满了霜雪，
而你因这凝视
领受到了
一个季节深处的微凉。
——《微凉》

这首短诗最能体现中国佛教的精神，却是用正宗的现代诗的隐喻方式。从盛夏（烦热）梧桐树枝上的强烈反光联想到冬天的枝上积雪，这种视觉上的一致性，又转喻到霜雪之冷，“季节深处的微凉”，心理机制类似于望梅止渴，却另有深义。《道德经》云：“致虚极，守静笃，万物并作，吾以观复。”盛夏枝叶繁茂，万物并作，智者反而观复。观复即“归根”（观其死亡。下一句："夫物芸芸，各复归其根。"），"归根曰静，静曰复命，复命曰常"。由此而悟的常，即天道。如此从这盛夏炎热中才真正达到了"季节深处"微凉的安慰。注意"微凉"语义之精。全诗的中心动作"凝视"其实也就是"观想"的世俗说法。

泉子在《汉语的未来》这首短诗中写道："汉语的未来恰恰在我们对我们之所自的/那世世代代的辨认中。"跳过这个带有译文特色的复合句的修饰语，泉子认为未来是一种辨认。这可是有道心的人说的话。进言之：对我们所自的，那世世代代的辨认。一种历史意识，通过"世世代代"的强调，进入了汉语诗歌。在传统思想的精义与现代性话语之间汇通的能力亦体现于这一句："无可而无不可，/你才配得上这人世之自由。"（《人世之自由》）无可而无不可，无为而无不为。这是儒释道三家共同的理想境界。无可者，性之静与全，而不假求身外之物；无不可者，圣人体道之大权，无一物可弃也。虽材偏质暗，亦含道之全体有教化的可能。（可用佛教用语再说一遍）"你才配得上这人世之自由"，将当代文化所追求的现世自由，赋予中国传统的深义，中体西用。但也不妨从现代性上理解：词语须有一个强大的胃足以消化非诗之物。但也不一定非要消化一切——有所"辨认"才是真诗。

> 人世的至善通过你的心写在了脸上，
> 人世的欢喜与绝望穿越大地至深处晃动不止的针眼后，
> 终于融铸出你头顶仿若无尽的蔚蓝。
> ——《人世的至善》

不免要问："人世的至善"是什么？《大学》开篇："大学之道，在明明德，在亲民，在止于至善。"至善在所止、知止之地。何为大？子曰："唯天为大，唯尧则之"。大学，学之大者，即天学。明德，自性之德。明明德，彰显自性之德。彰显自性之德，要通过亲民，亲近当代人生活。经过一番推己及人的过程，妙在知止（过犹不及），如此方为至善。有心人看到人世的至善。"人世的欢喜与绝望穿越大地至深处晃动不止的针眼后，"这行诗描写诗人自己求道的过程。"人世的欢喜与绝望"，生活中的现象。"大地至深处"有什么？儒家未提及。佛教中有一位长住阴府中渡亡灵的地藏菩萨，他的禅定"安忍不动，犹如大地。静虑深密，犹如秘藏”。诗人在当代史的幻象中，经由地藏菩萨的大愿，得以穿过“晃动不止的针眼”。“针眼”来自《福音书》上说：“富人进天堂比骆驼穿过针眼还难。”在西方经典中，关于“大地至深处”有三个重要典故。其一，古希腊神话中冥后珀尔塞福涅与冥王哈得斯的婚床，她每年被允许返回地面一次，带来早春的景象。生之机，即是死之妻。其二，《神曲》中但丁在浮吉尔的引导下下到地狱的底层，爬过魔王的身体（地球的中心）到达炼狱山下。魔王琉西斐有三个头，三张嘴分别咀着犹大、勃鲁多和卡修斯的身体，出卖、谋害上帝和恺撒的罪人。其三，在《浮士德》第二部伟大的篇章“阴暗的走廊”中，浮士德与“玄牝”（德语中是母亲的复数）见面，“女神住处威严寂静，/ 超越空间也超越时间”，梅菲斯托告诉浮士德：“见一个烧红的宝鼎就要明白 / 你已到了极深极深的所在。/ 借它的明光你将会看到玄牝 / 或坐或立或行各如所快。/ 这是成形的，这是变形着的，/ 这是永恒精神的永恒常态。”（樊修章译）他见到了，而且拿到了钥匙，得以有第二部的伟大事业的探险。

为了加深理解“头顶仿若无尽的蔚蓝”是怎样“融铸”出来的（融铸正是玄牝、宝鼎的职能，歌德似乎已通过传教士了解中国道教），我做了细读。其实泉子的诗并不难懂，难懂的是他何以成为道性的诗人，以及道的玄妙意蕴，这是他的词语展开的关键。

泉子的叙事诗相对于短诗其实成就更高，而且质量均衡。这才是他的玄学的褶皱展开的时刻。他的叙述明白晓畅，表面上不是诗的语言，而是散文的语言，不在一行二行之间追求词的张力，整首读下来，却让人感叹他对世情的通达。他用他特有的长句子枝枝蔓蔓，却一点也嫌多，反而像是简明扼要。由此可见他的道，或空性，不仅是通过读经，更重要的，是在生活中观修。只有心静的人才能看清人性的细节和生活中的因果。对普通人的体谅、怜悯，跃然纸上。他的叙事没有说教或哲理，一首诗写下来，那种人世喧嚣的寂寞之感，惊人的反转戛然而止，不做解释。有一种水落石出的透彻，或观念艺术中纯粹材料展示的震撼，如约瑟夫·波伊斯、伊娃·海丝的某些作品。

我随便挑几首诗，分别引最后几行。《闪电的标枪》：“你从十年前的那个清晨 / 向我投来的漫不经心的一瞥 / 一支如此轻盈的闪电的标枪，/ 那么准确无误地一掷。”《命运的脸庞》：“如果把陨石替换成诗歌，我会是另一个他吗？/而命运的脸庞依然隐没于/远山那厚厚的岩层。"《豆腐西施》："而就在当天，/姐姐路过她家门口，/她正大声咒骂着，/仿佛被一种巨大的屈辱所激怒。/姐姐摇晃着门框，说：'志才妈妈，我是咪咪，/我是咪咪呀！'/哦哦，你是咪咪啊，/我还以为他们又来打人了。/她终于抚着胸口，/并安静了下来。"像这样的语言，实无解读的必要，却经得起反复读。一种纯粹叙述的回甘。你可以说这不是诗，而是小说，分行的小说，没关系，最好的小说在诗性上丝毫不亚于诗歌，而泉子恰能写这种小说，又恰好是一个诗人，所以他把他的小说分行，除此之外，也不具备诗的体式，连无韵体诗都算不上，但这有什么关系？他在诗性上的成色已如此充足，堪为精金，他以叙述的精金弥补当代诗成色的不足。

己亥八月改定，江夏藏龙岛

（选自《作家》2019年第10期）

《狮子岩》序言

/ 王彻之

2018 年夏天，我结束了两年的美国求学生活回到北京。这并非长住，由于又即将赴英国念书，这个短暂的暑假变得格外忙碌，每天往来于故人亲友之间。但即使这样，我还是找了个机会再去出游，希望能有时间在喧嚣之外获得一些宁静。斯里兰卡是一个完全偶然的目的地，我和同伴最开始并不了解这个国家，只是随便选择了一个方便出行的岛国。但是人生中很多重要的决定，在接下来的一周中，在这座岛屿上开始缓慢浮现了。从那之后，它的风景还是不时会出现在我的回忆里。很大程度上这不是因为旅行本身的快乐回忆——实际上也充满了争吵、冲突、妥协和许多意想不到的困难——而是因为这次的旅程对我来说，既是逃离，又是一个更深地、真诚地了解自我的契机。它颇为随机地出现在我人生的时间节点上，某种程度上，凝固了时间，并且又奇异地创造出了我内心时间的多个分支。

换句话说，它给予我的启示，是一种生命时间的综合性，这个国度的风景，唤起了我一种将过去、现在、未来并不均衡地容纳在一起的特殊的心理感受，而这不一定是一种快感。同样地，在文明空间的意义上，在斯里兰卡，我们所去过的城市也都具有不可定义的特殊性。它们大都又非东方又非西方，却往往又是两者富有想象力的综合，即使这种综合意味着某种失败或者落魄。正是带有这种关于落魄的回忆，带着一种厌倦、遗憾和惊奇的共存，我才在旅行结束之后，在那些虚假和真实的记忆中，一口气写下了《狮子岩》《穿越雅拉》和《加勒，雨》。这三首诗共同点少得可怜，但其中之一，便是它们都致力于表达一种沉浸在流变的当下世界中的“综合感受”，而这对我而言，恰恰意味着一种超越的冲动，尽管这种冲动可能是冷漠的。

实际上，我也越发认为，在当代语境下，诗歌很可能同样地应该具有这种时间和空间意义上的混杂体验。这种混杂应该是打破二元对立观念的。它需要将虚构、现实，主体经验和中性立场，历史和未来远景结合在一起。它应该超越国族，但又不一定必然地指向西方，或者所谓世界文化。它不必避讳抒情，但是又绝不止于一种情感，甚至又不止于表达一种情感。它可以游离、漂移，甚至有权利拒不承认。这是诗歌作为一种精神自由的文本的特权。它的自由必须应该足够表现出，一首诗不仅需要诠释体验，并且需要有能力被体验所诠释。

刚才这段话，很可能会在汉语语境下，招致很多的不满。很多人坚持的写作心态，往往是民族性优先，对外来经验的强调，则常被看做是非典型的，或者甚至在文化道德上，显得很可疑。这样的判断有时会包含着一种文化优先性的假设，但更多的时候，表现出的则是一些人固有的自卑心态。其实任何人都不可能逃出自己生存情境中的集体文化意识，也无法完全摆脱群体性的语言习惯。而且在我看来，诗人用他的母语写作，本身就包含了对语言血脉的传承，他对语感的把控，对节奏、形式和词语质感微妙的执迷。事实上，现代汉语作为一种语言本身，它的源头并非只有一种，而是取象驳杂，异彩纷呈。很多批评者所谓的欧化，其实也是个伪命题，它本来就是现代汉语语法的内在特征。现代诗历史上很多诗人（我不喜欢用新诗这个说法，它总是提醒人们新与旧的二元对立，而新与旧是线性的概念），比如冯至和穆旦，他们的表达与思维方式经常是直接取自西方语言，如果以欧不欧化为标准，可能大多数诗都潜有崇洋媚外的风险。诚如德里达所言，文学，至少在书写层面，很可能并不包含任何绝对的本质。很难定义哪种写作方式是本土的，哪种是国外的。博尔赫斯说过，莎士比亚的风格不是英国风格，歌德的风格也并非德国风格，同样，我们也可以说鲁迅的风格也并不是中国风格。

这些论断，如果从线性的角度看，也都暗示了文学在风格化或总体性的类型化的过程中，它对于自己的确认实际上基于内在的异质性，也可以说，一种具有吸纳性的自我更正，它是它自己正因为它不是它自己，或者说，在它的想象中，它自己成为它自己的超越。

这种自我否定式的混杂，至少对现代汉语和汉语诗，都是自恰并且是积极的。而在当前的写作中，也有不少人将目光放到现代汉语之前，尝试从古典作品中寻求话语形式的突破，以激活古代和现代话语之间混杂的可能性。对此我常常表示钦佩，但是也不无怀疑。与其把古典或者传统作为话语系统的装置，不如把它们作为一种潜在的势能。对古典的形式、意象、姿态甚至是口吻的沉迷，很可能只是对不成熟的现代汉语的缓兵之计。这里所说的现代，更有针对性，是针对当前时代的汉语而言。在我们的诗歌语言中，以唐人语说话，以民国语说话，本质上，不是不对，而是太简单，重点全在于模仿。在但丁的意义上，像当代人一样说话，要求把自身置于自身的体验中——而这种体验，天然地包含历史的延绵和自我的溢出——唯有如此才真正对写作构成挑战。而做到这一点，正是克服诗歌语言之难的开始。而我以为也只有立足于这一点，对传统的重新发现才能避免表面的仿制和附庸的嫌疑。更重要的是，消除关于诗歌传统的本质主义的幻觉。

这种幻象所表现出的另一方面，是对翻译文学的不信任。在当代诗歌的生态中，一种廉价的批评屡见不鲜，即指责诗人的语言学自汉语的翻译。这当然又是另一种附庸的疑虑。像我之前强调的，现代汉语本身的杂糅性，实际上早就取消了翻译和非翻译语言的二元对立。而且在百年新诗的历史中，对于穆旦、冯至和海子们，翻译的价值并不次于新诗本身的价值。与其说它是一种参考，更不如说，它已经成为现代汉语文学的一部分。一方面它展现的，是更为丰富的语感和感受力，另一方面，它也展现了汉语如何为诗的可能。对我来说，汉语翻译和英语、法语，以及非翻译的所谓纯粹汉语，它们的重要性，其实都不相上下。重要的事是去观察其中的语言包含的生命力，观察语言形式与表意的关系。本科大一下半学期的时候，我接触到了废名。不过在那之前，在我还不知道废名是谁时，我差不多在日记里写下了一种和他类似的想法，即古诗的形式是诗的，内容是散文的，而现代诗则恰恰相反。更进一步，我觉得这个论断暗示了，现代汉语的语言结构、语法习惯，都不再有文言文那么特殊的语法和意指体系，可以让很平常的意思在固定的结构中产生诗性力量。因此现代诗的核心问题之一，就是如何应对，并且发展新的语言形式。从这个角度看，在传统表意结构已经破碎的情况下，翻译文学的语言提供给汉语的内在可能性，几乎是无可替代的。

我丝毫不掩饰自己对好的翻译作品的热爱，同样我也得说，不管是文言文、英语，还是我相当笨拙的法语，都给我在逐步培养自己的节奏感和语调方面，提供了非常多的启示，当然还有焦虑。但我的焦虑，却可能和很多诗人不同，并不非常关心一首诗的内容的价值，也不关心它到底对现实世界有没有责任感。我的焦虑甚至不全在于语言，而在于我究竟在多大程度上，通过一首诗的写作提炼，并且创造了我的洞察力，这种力量，又在多大程度上足以反哺我的写作，我的智识、情感和经验，并丰富它们互相之间的关系。相对来说，我对于现实和历史不但不焦虑，反而更有耐心和同情心。

当代中国文学的本土意识，简单说，其实也就是对现实和历史的焦虑的反映。相关的理论我懒得多言。但显而易见的是，在中国诸多奖项、会议和批评体系中，反映现实仍然是佳作的第一准则。对有些人而言，对现实的推崇无疑是一种愚蠢，而对另外一些人则是自欺欺人。问题的关键，不在于我们是否应该现实，在于我们该如何现实。现实的定义，本身就很含混，而一味地寻求表象，通过现实经验来支撑写作，总有一天会面临灯枯油尽的危机。布罗茨基说过，诗歌必须干预政治，直到政治不再干预诗歌为止。这句话也可以换成，诗歌必须干预现实，直到现实不再干预诗歌为止。但前提是，以诗的方式。我很长以来的信念是，诗与虚构和谎言的关系，要比小说和它们的关系密切得多。诗的目的是真实而不是现实。庄子说，卮言日新，藉外论之，这毋宁是表达了无稽之谈和真实相通的重要基础。真正的虚构，简单来说，并不是完全天马行空，而是隐含着对于真实的一种迫切的需要。而专注于个体内心的写作也都是出于对真实的执念。这种真实并不见得仅限于内在真实，或者文学的真实，还有现实的真实，比如意识形态、伦理、人际关系、政治、民俗风情等方面的真实。阿多诺说过，任何抒情诗都带有社会性。乔治·巴塔耶对华兹华斯的重新评估，说到底也证实了这一点。我觉得，现实作为一首诗需要触及的概念，远不如诗作为现实需要触及的概念来得更有吸引力。坦白说吧，一首好诗，应该是一次对于现实富有魅力的吸引。

另外，历史也同样作为一种问题存在于当代诗的写作中，有的时候，甚至比现实问题更困难。只要看看八十年代（甚至更早）至今仍然不绝如缕的史诗热潮，诗人们对诗歌长度的迷恋，政治抒情诗，以及有关不同族裔的神话写作，就能完全体会到这点。除了其中的少数，在制作和观念层面上，这些诗都以一种空前绝后的愚蠢的热情，向我们表明历史如何成为诗的负担。我并非蔑视历史，恰恰相反，我也非常渴望历史可以在我的诗中扮演某种角色，就像某种节奏类型，或者某个隐喻所扮演的角色那样。历史感是一个重要的问题。但我以为，诗对历史无限敞开的前提是，诗必须首先卸下历史的重负。这么说，不是表明诗与历史的对立，而是表明，诗的历史感其实来源于对历史作为一种事实条件的策略性的轻蔑。对二十世纪以来的汉诗而言，诗的自负可能是对历史更大的尊重。只有保有这种自负，或者，这种高贵，诗和历史的关系才能是健康的。

这是一种精英主义的立场，我对此并不否认，反而还引以为傲。这其实很与后现代的学术和文化政治相冲突，也会让那些热衷研究大众文化的人嗤之以鼻。但是越是在这种背景下，诗的高贵就越显得不同寻常，它有自己的法则，常常把自己置于和现实、历史等同的地位，并且因此受到责难。我自己经历过的最多的责难，即是诗的晦涩。对此我会反问，诗为什么不应该是晦涩的呢？难道有人指望一首诗应该像一篇英语学术论文一样有条不紊？在所有语言的表意形式中，只有诗，其意义的重心，并不在意义本身。想要理解意义，一个人完全可以去关注报纸的头条，或者偷看朋友的日记，做这些事的快感，要比读诗来得容易得多。所以，为什么要读一首诗呢？诗不是用来理解的。如果理解了，是一种幸运，但是不理解，常常意味着一种更深刻的幸运。它对于观念的挑衅，它创造的意象间的关系，它拥有的氛围或制造的情境，可能正在邀请读者勇敢地加入其中。

诗的晦涩也存在着另一种可能，即表达方式的更新，让阅读成为对思维惯性的阻碍。但是需要知道，陶渊明、杜甫、李商隐在他们的时代都是晦涩的，因为几乎没有人以他们的方式写作。一直到今天，他们作品的意义仍然繁复深邃，无法让读者透彻理解。但是因为人们审美已形成习惯，他们的难度也并不会被非议。白居易声称作诗应通俗直白，但是他最好的作品却也不是那些通俗之作，反而都具有相当的难度，蒙塔莱说自己要做人民的诗人，但是他的那些最无与伦比的诗作都是晦涩的，其意义的幽深处，甚至几乎是完全费解的。如果一个人自信到，觉得读两三遍就必须要明白一首诗的意思，否则便是这首诗的问题，那么这个人最好永远不要读诗。替人准备演讲稿可能更符合他的气质。

这种自信，归根到底还是在潜意识中认为，人天然享有对于语言的权力。就像很多无关痛痒的人问道，为什么是中国人还要上中文系一样。他们无法理解，语言为什么不可以做人听话的奴仆。事实上，人通常是语言的奴仆而不自知。这种盲见，和凌驾语言之上的优越感，其实隐约暴露出的，是心态的狭隘，以及一种不被意识到的，思想上的独裁。与此相对来看，诗人的精英立场，难道不才是一种民主精神吗？另外，这种自以为是，也通常和虚荣心有关。一个有趣的现象是，人们去看毕加索的画，虽然看不懂，还是心生敬畏；去听李斯特或巴赫，如果听不懂，还是会正襟危坐，一脸深沉。但是遇到读不懂的诗，可能多半会把责任推卸到作者身上。美术馆和音乐厅所带来的感受，和白纸是不同的。很多人感兴趣的，其实不是艺术本身，而是艺术所带来的虚荣心的满足。

诗人要做的正是警惕虚荣，同时警惕它出现在自己身上。而对于写作这一特殊行为，我认为防止虚荣的最好方法，是尽力解除当下诗歌生态中诸种固有观念的束缚。马拉美说过，诗歌是恰当词语的终极组合。这个观点，也促使我进一步反思作为一门技艺而非观念的诗歌。我认为，诗歌写作的核心技术是善于打破常规，最高技术则是让词语保有最大的生命力，让词语的组合产生最合适的效果。除此之外，写作者不应被任何门户之见影响。另外我觉得，把技术理解为修辞，其实太过片面。谢默斯·希尼说，技术是承载感情的实体。但从另一方面说，技术是一首诗的整体风格和构成这个风格的每一个细节。它随具体情况不断变化，拒绝将自己全盘托出。这意味着，诗即技术。很多诗人的写作则侧重于修辞，他们喜欢正面强攻，不厌其烦地表达自己的想法。而在我看来，诗是懂得如何拒绝表达。

但是这并不等于，诗是意义的无意义的拼凑。一首诗的晦涩，依然要在某种程度上，保持其清澈明晰的内核。这是臧棣对我说过的话，而且我也从很多诗人身上得到了启示。至今为止，在我的技艺或者诗歌观念方面，影响较大的诗人或团体包括但丁、约翰·邓恩、W.H.奥登、迪兰·托马斯、白派诗人、布罗茨基、马拉美、温庭筠、李商隐、庄子、华莱士·史蒂文斯、谢默斯·希尼、苏轼等等。这本集子，不敢说在任何层面继承了他们各自所代表的传统，只试图在当代汉诗的语境下表达我个人的声音，或者说，表达一种努力寻找并确立个人声音的尝试。它包括了我一年前在美国出版的《诗十九首》的部分作品，但大部分则是写作于最近一年的时间中。在此要衷心感谢蒋浩先生的帮助，才能使这本诗集得以问世。

这六十首诗，没有按写作时间排列，而是按照某种调性的变化进行了一定的重组，但也并非绝对。因此它们可看做一个整体，也可以看做一种探索性和阶段性的写作整合。它们中很多都并非纯粹的抒情诗，虽然几乎又都有抒情的成分，有些立意全在当下，有的则与神话或典故进行互文。这些诗很少直接为单一的意图写作，但是又用不同方式，暗示了彼此之间或可存在的关联，和意义衍生的动机。它们都不约而同地对个体经验、行旅风物、爱与遗忘、想象与现实，或者诗与世界的关系进行思考，有的提出了疑问。关于这些诗的具体主题，我不能再说太多，我希望它们能邀请阅读它们的人，并自己向读者发出声音。这些作品所表达出的心愿，也多少寄托在这本诗集的名字“狮子岩”之中。它是斯里兰卡的景点，在科伦坡东北，是一整块山岩，上面保留着古锡兰国焚毁的宫殿残骸。对我而言，它既是整体，又是碎片的积累；它既是粗糙的，又是精细的；既是雄伟的，又是脆弱的；它属于想象，但又是可触摸的；是个体的，又是群体性的；是异域的，但又属于东方；它是某种独特的记忆，又是没落的废墟；它是精神性的遗存，但又被自然力量左右；它是山岩，却传递着虚无的漂泊感，以及来自未知的大海的气息。狮子岩作为一种幻象，既包含了我对这本诗集的期待，也在很大程度上，包含了我对诗歌本身的某种信念，以及这种信念所带来的，那些不可避免的激情、失落和憧憬。而且我知道，它们会在今后的日子里反复出现。

2019.11.12 于牛津博德利图书馆

（选自蒋浩主编《新诗》2019 年专号“狮子岩：王彻之专辑”）

季度观察

生死消息，致自然

——2019 年冬季诗歌观察

/ 钱文亮

一

2019 年的冬季尚在延续，一种爆发于武汉的新冠肺炎已经扩散为全国性的疫情。“死亡”，这个现实中严峻的生命主题，再次刷新了同样的永恒的文学主题。于是，“生死毗邻而居”（龚锦明《生死毗邻而居》），“生与死，相互撕扯”（张敏华《风，沙哑地》）……这类诗句也就抢入视线，而“落日渐渐走进了一座新坟”（李龙炳《夏天还没过去》），则似诗人提前发出的谶语，警示着人类生活中永不消逝的真实。实际上，对于“死亡”的书写及其相伴而生的生命意识，也仍然是本季度国内诗歌中一个重要的内容。

在对生死问题的体察上，韩东的组诗《雪意》堪称杰作。这组诗既保持了诗人一贯的克制和暗示性，同时又明显增加了语义深度与立体感：其中《叉鱼的孩子》在叙述孩子“落水淹死”这一事件时看似不动声色，然而随着“秋天”“冬天”等时间维度的加入，以及“像一根冻脆的芦苇折断在冰面上”的精当比喻，诗作的情感层次与人文内涵得到具体的丰富与加持；而《路遇》中“那粒泪此刻从我的眼睛里流出”，则更令人对韩东刮目相看；另外的《大象皮》《春纪》《雪意》和《安魂小调》等所表达的生命感应，也都显示了韩东老练、精湛的诗歌技艺，仅以《变化》中的比喻“暮色中院子的墙角下有一堆雪 / 像星星火化后留下的骨灰”为例，管中窥豹，韩东确如臧棣在评论其诗《玉米地》时所言，“他的叙事性的重心在于烘托出日常经验中包含的一种人生的氛围，他从不止于简单地呈现日常经历的故事特征。诗的氛围能更有效地传达诗的寓意”。

生死和生命的问题同样也是衣米一的《杀死一个海》《一块鱼从 A 地前往 B 地》《秘境》《活过的刹那》等所直面的对象，女性情感的强烈与尖锐，偶尔借助寓言和隐喻手法表达，携带着直指人心的冲击力；而侯马的《烟》与《别梦》则以生死对照和幻觉的方式写深情，有着其常见的硬朗简洁；卢小宇的《村庄》以魔幻现实的想象表现乡村生命在城市化中衰亡的现实，构思新奇，令人过目难忘。

二

“死亡”的存在使人意识到生命的有限性，对于生命意义的思考和对自我、他人的生命意识、超越意识便由此而生。新世纪以来，这一方面的诗性表达在诗坛不绝如缕，并在本季度的作品中延续。比较突出的是，这类诗作中有不少藉由长辈亲人如爷爷奶奶、外公外婆或父亲、母亲的“死亡”事件而切入，或因“清明”节令和祭悼仪式而触发，比较容易获得切实、饱满的感性魅力；而且，立足于个体生命经验的千差万别，也使得这类诗作在切入角度、感触侧重、语言体貌和表达风格等方面呈现出多元生发的形态。本季度，除了耿占坤的《挽歌：我终于失去了你，父亲》以对话形式铺陈父亲一生并表达父子之间复杂情感的悼亡诗，宋心海的《老家》《草叶上的眼睛》《一粒草籽》《捉迷藏》等短诗聚焦于爷爷的坟墓及青草，强烈的怀念中隐现着齐物论的生死观；刘双红的《祭父稿》采取虚拟的阴阳对话缅怀父爱，实景、幻觉、叙事、抒情，多重语言丝线以独特的细节为结，颇富感染力；而林馥娜的《时间黑洞咀嚼的碎片》，则选取人生中的“老病”环节，通过与“被神经系统退行症围困的父亲”的日常对话及其生活情景，剪辑了个体生命的起伏与兴衰，别有悲怆在心头。

当然，从超越亲缘个体的视野观察和思考生死的也不乏佳作。罗羽的《契诃夫和他的〈在流放中〉》借用俄国作家笔下的苦难与死亡，在先锋的语言实验中刺探了生命的罪与罚；陈小虾的《渔村》一诗出之以独特的地域感性，传神地勾勒渔民的生死，结尾的比喻尤为新颖，其《小黄鸭》则以物喻人，写生命的无常、脆弱，平静中有惊心之处；敬丹樱的《母亲》以人之母与鸟之母的悲剧，忏悔自我曾经的罪孽，则显悲悯之心；而高本宣的小诗《烟火》

角度巧妙，虚与实相映生辉，颇有启示之意；张彪《老人与老狗》以风俗做底，写具体的生死人性；梁文昆的《火化炉》以拟人的手法反讽，表达了一种超越俗世的终极视角；邓可君的《临终》也是从死亡的方向审视生命的意义，情感比较激烈；而百安定的《无题》思考生死，则带有历经人事的沧桑感，虚无的情绪油然而生……实际上，生命意识又往往体现为时间意识，例如中国古典诗词中“伤春悲秋”的传统抒情模式，即为明证。本季度当代诗坛仍然不乏以“秋天”起兴，在季节风物的变化中感悟人生的诗作，但写得优秀的却又跳出了古人之窠臼，将诗思带入现代视域。例如黄斌的《江水》，即以秋风中的流水为触发，表达了对瞬间与永恒、表象与存在的智性观照；而高春林的组诗《入秋记》，则以游离于日常现实的冥思“向着云朵要一个”自由的“出口”，并以对俄耳甫斯的认同来确证自我的存在意义，对于真实与虚幻、有限与永恒均有诗性的辨认；小海的《白驹叹》采用寓言手法表达古老的时间主题，却已置换上了现代城市语境。除此之外，“落日”“雪花”等带来特殊生命情绪的时间意象也在本季度的不少诗作中浮现，饶有意味。

在相当大的程度上，关于生命的思考，庄子的齐物论与佛陀的众生平等观早已构成了中国诗人的“前理解”。推己及人，本季度一些对弱势生命如小人物、小动物和小植物的诗歌写得非常动人。其中方丛飞的《白鹭》《今生》《风，呜呜了一整天》《借条》等诗作，洞察世事，体贴人情，且多以画面叙事表意，在菩萨般的目光里也褒扬了弱小者“更优雅的卑微”；与之异曲同工的还有麦豆，他写《那只羊》《喜鹊》《一棵像梵高一样的树》《黑天鹅》《猎杀一只乌鸦》，能够以通灵之耳聆听那些自然生灵在现代社会愈加无助的“孤独和痛苦”，非慈悲之心难为也；同样精警的佳作还有高凯的《麻雀传》、青小衣的《冬天，麻雀都住在自己身上》、陆岸的《浦阳江边的梨花》、涂拥的《生死》、津渡的《蜗牛》、向武华的《灶马蟋》《山窗萤》等，皆能够以心比心，忖度生命卑微者的艰难、努力与尊严；而青小衣的《麦茬》更是想象独异，具有精神分析深度的比喻，对受伤害者的生命给予了辩证的理解。

撇开东方，对个体生命的认知与理解，一些诗作多少受到了尼采、叔本华等西方哲人对生命意志、生命力的推崇与赞美。例如商略的《蝉鸣学原理》以追问的方式歌赞“发明了蝉鸣”和“夏天”的蝉，孙立本的《与马为伍》、陆岸的《香樟树》等与之相似，而唐翰存的《沐雾甲虫》则工笔刻画了沙漠昆虫气魄的浩大，俄尼·牧莎斯加的《十二行诗：生肖》对白牛、老虎、绵羊与骏马有着万物有灵论的辨认和情感表达。

若论情意的饱满、诗艺的灵动，本季度以昆虫为书写素材的诗作当首推黑枣的组诗《架直升机的蜻蜓》。这是一组具有童话的美丽却又远比童话丰富和深邃的优秀现代诗，自我的在场与思辨给童话的虚幻增加了生命的实感；而同样采取拟人手法的末末的组诗《菜园小记》则是别开生面，生趣盎然，鲜活自如的语言既能让无机的农具通灵通人性，让繁忙的劳动焕发生命的诗意，自由无羁的想象又能跳脱过于静穆的乡愁田园诗的窠臼，洋溢着活泼泼的现代生命气息，着实可喜。

三

对于生命的觉识往往与个体自我心智的成长息息相关。而自我的确认却又离不开“他者”的参照与建构。在本季度的诗歌中，“他者”的角色大多由父亲或母亲等长辈亲人所扮演，而且往往在个体生命的在世生存中发挥着引领与启示的作用。也正是在这里，当下的诗人们告别了 1980 年代诗歌中那种普遍性的“审父”甚至“弑父”的文化反抗，普遍将曾经符号化、象征化的“父亲”等长辈亲人还原为有血有肉的生命个体，并在生命的有限性意识中对其产生了不同形式不同程度的理解、体谅、认同甚至敬重（例如苏仪的《恒星，父亲》），在万物皆流的时间意识中努力确认长者曾经的智慧和胆识，“活在父亲的经验里”（潘新安《罱泥人》）。在这类诗歌中，谈骁的《夜路》一诗颇有代表性，其对诗艺的掌控也相当出色。该诗不仅从私密经验中写出了父亲给自己的成长所带来的积极精神启示，而且寓情于事，整首诗成为对人生经验的一种精彩隐喻。还有潘新安的《父亲的杂物间》，看似日常的陈述中却含着作者对现世生存境遇的参悟；吴投文的《父亲和母亲》《清晨，我的赞美诗》《故乡书》等则在感叹作为读书人的自我与农民父母不同生命形式的同时，也忠实地确认了二者在血缘、精神等方面剪不断的生命联系和情感，充满智性的疼痛；羌人六的《一棵抱紧岁月的树》也特别强调了自己对父亲生命和思想的部分遗传。不过，在语言节奏鲜明的田晓隐的《失忆的灯》中，佯装的口吻表达的却是不想重复父亲生命经验的“自我”的独立意志。

当然，纯粹的“自我之歌”并非依赖于血缘，精神形式的生命对于一个诗人其实更为重要。自我的奥秘，自我在现代社会的存在困境，自我在永恒面前的孤独痛苦，自我的灵肉挣扎，这些内容一直是现代性诗歌聚焦的生命主题，在本季度的中国诗歌中也得到了一定的关注。除了前述高春林的《入秋记》，陈舸的《瘦者说》对于欲望的辨认和理解伴随着对自我、诗歌的内省，张龙应的《变形记》借助拉康的“镜像”理论实现了对于自我在世生命及其境遇的沮丧认知；而郑小琼的《穿越星宿的针孔》则以铁为喻，某种意义上还原了生命遭受工业化、城市化由热变冷的悲剧；沉河的组诗《守界园》更以归根复命的态度截断虚妄，向着生命本源追寻。

或许是受到自己从事欧美诗歌翻译工作的影响，李以亮的诗歌具有较多的理性思辨，其组诗《你仍是身体里那个熟悉的客人》以及《穿山甲》《药丸》《你，一个人》《最后的大象》和《语言》《一枚钉子》等，就是一系列关于独异“自我”的艺术自画像与自剖图，是一个当代诗人对于自我的不无孤傲的精神分析；而李龙炳《自我的迷宫》却以反讽的笔调和诡异的写实解构了时代与生命的假面；马骥文的《回形楼梯》令人联想起但丁《神曲》中灵魂所穿越的由地狱、炼狱到天堂的立体感的历程，其对生命意义的叩问具有精妙的形式。

迄今为止，童作焉的组诗《隐身术》是我所读到的最年轻诗人对于生命、自我的最集中出色的探问与辨析。“异乡人”“溺水的人”“走失的人”和“缺席的人”“空心人”以及“隐身于水”的人这些命名，对生存种种面相的观察、怀疑与取舍，对不确定性的“惊恐和担忧”，显示出诗人心智的早慧与出色的人生洞察力，似乎真的如其诗所言：“必须把世间所有的苦，都要提前亲尝一遍”；而且，整组诗虽然思辨透彻，对隐喻、象征和通感、比拟等现代表达技艺的运用娴熟自如，却又保持了语言的及物性与现实感，表现出轻盈灵动的想象力，从而通过自我认识、自我思考、自我反省，成功实现了诗人“对自身的抵达”，同时又通过“一个精巧复杂的语言空间，成为折射这个世界的棱镜”。

四

行文至此，也就可以谈谈本季度出现的一些关于“旧时光”的书写或“乡愁诗”了。本季度，这类诗歌数量也确实比较多，甚至一些吟咏边地风物与少数民族风土人情的诗歌也可归入此类。除了《星星诗刊》10 月上旬刊的“记住乡愁”专栏等，这一方面的诗作也散见于《诗刊》的“气象”等栏目，以及其他的诗歌刊物。

不同于传统的农耕庆典式的单向度浪漫铺陈，也不看重现实主义的社会批评或国民性批判，本季度“乡愁诗”中的怀旧等情感，有着全球化语境下对于地域性生命形式和文化之意义的重新认识，一种永恒的生命理解进入了诗人们对古朴生命形态的别样眼光，“乡愁”已经被转换为看待自然的新的视野、新的致思路径，其中也包含着对于现代性物化、异化生命形式的文明反思与批判。例如远村的组诗《我所思念的旧时光》，就在以隐喻手法反省现代社会中“更加抑郁”的自我“过于固执的飞”之后，抒发了对于顺应自然的简朴生活的渴求；华子的组诗《反刍着过去的时光》则从蜻蜓、蟑螂身上发现了生命不为流动的时间所动、无视江湖险恶的“优雅的风度”；罗国雄的组诗《不是每个清明都会下雨》除了《静夜思》的怀念母亲，主要追怀的还是自我生命的农耕来处及其意义；而理坤的《磁湖岸边的香樟树》则由树及人，怀念一种乡土社会亲密无间的大家庭生活，可谓对现代“原子化”孤独生命状态的无声批评；无独有偶，常保平的《我是一个无法取暖的人》也是以昔日老家家庭生活的温暖，反衬了今日心境的孤单凄凉。

于是，正在消失的一切留给曾经的见证者就不仅仅是记忆，已经具有审美和情感慰藉的双重意义。无论是“结巢”（方丛飞）般惬意的生活方式还是“借火”（达达）习惯所体现出的乡土中国特有的人情味，都在日益走向“陌生人社会”的城市化进程中闪烁着难以复制的精神魅力，李树侠《乡下的鸟》、郭茨斌《故乡活着的木犁》等还写出了乡下的飞禽家畜、古老的农具所具有的亲人般的情义；甚至乡村生活的日用器具和儿童的玩具、游戏也会焕发出崭新的诗意，例如草树的《晾衣绳》《半块镜子》《窗棂》《墨线》等诗，以写实的语言格物通情，曾经的生命风景恍如古朴岁月的吉光片羽，令愈益隔绝于自然的现代人倍感疼惜。

有感于生命有限如白驹过隙，中国古代的智者往往将人类对不朽、永恒的渴望转向对自然的皈依和吟咏，于是，风花雪月、松梅竹菊、山水田园就不仅仅成为审美对象，同时也是价值本然，甚至参与了对俗世生命的批判。

本季度，一些组诗如杜涯的《致自然》《回声》、黄海星的《山巅之上》、沉河的《倒走》等，对无穷、大地、春天充满赞美，大自然成为一种高度、尺度令诗人们获得俯察人世、睥睨人间的超然。例如在杜涯的诗里，对于自然的浪漫主义情怀跃然纸上："而自然从未离弃我，承载很多"，"它们一同教导我，教会我宽广，教我崇高"，"它以 / 本心传达至柔、至善，塑造高远和细小之物"，虽然诗艺和情感皆近于古老，但因出自其内心对于生命、宇宙中永恒之物的憧憬与挚爱，仍然具有一定的美学魅力。与之相比，吕征的《湖山曲》、古马的《原形》、包苞的《草原》、杜成峰的《暮色》、郭建强的《汇合》和马占祥的《小夜曲》等具有更多个体存在的生命感性和地理风物、历史文化及现实日常的多维度交织与现代性诗艺，也有时空的广度与纵深，往往给读者带来对生命的全新的发现与感受。

五

本季度，一些名家的创作和青年诗人的集体出场是诗坛的亮点。前者既有 1980 年代成名的诗人梁小斌、车前子、陈东东、雪迪、欧阳江河等，也有 1990 年代以后活跃于诗坛的西渡、陈先发等，后者则出现于《诗刊》2019 年第 12 期推出的"第 35 届青春诗会专号"和由台湾秀威资讯出版的"陆诗丛"。

移居美国近 20 年的诗人雪迪近期再次出现在国内诗坛，发表了长诗《碎镜里的猫眼》。这首长诗虽然仍保留着 1980 年代北京诗坛所特有的某种高蹈、纯粹的精神气质，但其诗歌在细节呈现和情感表达等方面却有着显著的丰富与扩展，北美粗犷、壮观而又宁静的自然气息在一个东方诗人细腻的感应中散发出异样的美丽，字里行间时时跃动着诗人敏感心灵所独有的爱意、耽美和对生命的顿悟，可谓是雪迪在后现代的异域擦亮了故国的古典心灯。

无独有偶，陈东东最近奉献给诗坛的竟然也是其 1980 年代中期写出的组诗《眼眶里的沙瞳仁〔拟少年行〕》。该组诗虽然素材来自一个新疆大学生的自身经历，因而意象、细节难免西北风土的粗粝，并且在 2015 年又经过诗人的删改，但陈东东所特有的以梦幻、记忆构造诗歌世界的方式，其唯美、直觉的体验与超现实的想象天赋，及其出色的音乐感和对词句韵律的掌控，还是一以贯之，甚至是"海""马""骑手""夜色""军舰鸟""堤坝"等陈东东的经典诗歌意象也成为这组诗歌的主要结构元素。

一向以玄学和语言游戏著称的诗人欧阳江河本季度在《作家》上发表了他的长诗《宿墨与量子男孩》。该长诗发挥了诗人在多种异质性语言、文化之间辗转腾挪以营造奇异张力的修辞才华，同时也延续了其对时代现实主题的强烈兴趣，除此之外，该长诗倾心于更远的神秘与未知，或如论者所言是“那种随心觉走得很远的类型，喜欢把抽象的游思当作长诗平常的魂身”（陈亚平语），可见诗人的活力未减。

前几年即已出版诗集《九章》的陈先发并未停止以“九章”为名相的诗歌寻道。本季度发表的“组章”《远天无鹤》，仍然延续着其开放而特异的诗学探索，其诗如蜘蛛结网，挂靠于自我感知的现实檐角，在“山中贼和心中贼”的多重对角线的“交替涌伏”中，多用直觉想象的意外连接，取“临界经验”的细丝深入阅读生活和世界的空白，其存在论的凝视仍然立足于“他人的哭声”，而非全然冷血的凌空蹈虚。

本季度，以人文精神和诗艺革新结合为北大诗歌精神的西渡状态颇佳，连续推出两个组诗《山中笔记》和《天使之箭》。前者以梦幻方式重返江南故乡，笔触跳脱，俨然有魏晋风流，而襟怀磊落，又有今人的明朗与开放，确乎实现了诗人所追求的“在文本的愉悦和物的呈现之间达到某种平衡”的诗的“变法”；后者则有点向“化古化欧”的新诗前辈卞之琳致敬之意，戏剧性独白、对话技法的活用，对“理趣”的发掘，在其中依稀可辨，但又避免了大师过于抽象导致的枯窘。

本季度还有几位诗人的作品值得关注。玉珍《可怕的美》等诗在情感的抒发上收放得体，哲思的风骨发散大格局的诗歌气象，显示出不凡的悟性与语言天赋；冯晏的组诗《白雾》依然有八十年代的实验精神，专注于语词的探险与想象力的超现实盘旋；泉子的组诗《大地之心》纯为短章，大有繁华落尽见真淳的效果；另外，缪克构集中书写东南沿海盐民、渔民的生命题材，回溯家族、村庄的命运，为当代诗歌贡献了一种具有历史感和地域性的独特的“盐”的意象。

最后要特别提及本季度由不同出版机构推出的两批青年诗人的创作。中国作协刊物《诗刊》的“青春诗会”在1980年代颇负盛名，从那里走出的诗人大多成为后来国内诗坛的主导性力量；但随着1990年代后大一统计划体制的松解和诗学观念、诗歌实践的多元多歧，特别是学院力量的崛起和地方民间诗歌群落的活跃，对于优秀青年诗人的评估和选拔不再由“青春诗会”一家独断，尽管如此，由于其相对开放与包容的选择尺度，其权威性和影响力仍然不容小觑。像前文所提到的“95 后”诗人童作焉以及“90 后”诗人王子瓜，实际属于活跃的学院年轻诗人，但“第 35 届青春诗会专号”也仍然将他们选入。该期青春诗会专号另外选入的黍不语、马泽平、敬丹樱、年微漾和纳兰、徐晓等等，也都是近年来诗坛上创作个性鲜明的年轻诗人，而且，由于他们大多身处学院环境之外，当然有极大可能从更为丰富、多元的时代生活中给当代诗歌带来意想不到的生命和语言活力。

当然，因为当代诗歌的实验、探索和创造已经不能不发生于“语言学转向”之后的人文社会科学语境，加上现代化运动带来的专门化社会分工，以知识生产和思想供给为己任的学院文化共同体，显然使得学院年轻诗人在诗歌的未来上更值得期待。正因如此，我把“陆诗丛”视为本季度中国诗歌最重要的收获。这套由诗人批评家杨小滨和茱萸主编的诗丛，遴选了大陆六位“富有实验精神”的最具代表性的年轻诗人砂丁、苏画天、李海鹏、秦三澍、蕨弦、颖川，这些诗人均有强大的学院背景，在专业的知识构成、多元超越的诗学视野和文明意识，以及对语言内部复杂关系的深刻理解和处理等等方面，均体现出学院诗歌共同体内部强大的自我激发与更新动力，他们的诗歌“展现出的对自我、他人与世界的凝视、解析和辩驳，已构成当代精神图谱的一角”，也必然将拓展当代诗歌新的版图。

※ 本文资料来源主要为 2019 年冬季（10—12 月）的国内诗歌刊物、读本以及综合性文学刊物等。除了作者姓名、诗题，诗作发表刊物与期数不再一一注明。

图书在版编目（C I P）数据

诗收获.2020年.春之卷/ 雷平阳，李少君主编
. -- 武汉 : 长江文艺出版社， 2020.7
ISBN 978-7-5702-1593-5

Ⅰ. ①诗… Ⅱ. ①雷…②李… Ⅲ. ①诗集－中国－当代 Ⅳ. ①I227

中国版本图书馆 CIP 数据核字（2020）第 079084 号

策　　划：沉　河
责任编辑：谈　骁　　　　责任校对：毛　娟
装帧设计：马　滨　　　　责任印制：邱　莉　王光兴

出版：长江出版传媒　长江文艺出版社
地址：武汉市雄楚大街 268 号　　　邮编：430070
发行：长江文艺出版社
http://www.cjlap.com
印刷：武汉市籍缘印刷厂

开本：720 毫米×1020 毫米　1/16　　印张：17.5
版次：2020 年 7 月第 1 版　　2020 年 7 月第 1 次印刷
行数：7056 行

定价：45.00 元